高等学校动画与数字媒体专业教材

动画电影剧作与角色塑造（第二版）

王筱竹 著

清华大学出版社
北京

内 容 简 介

动画电影剧本是以视觉性语言讲故事的剧本形式。本书将设计理念纳入剧本创作理论中，围绕剧本创作与角色塑造的关系展开，讲述了如何运用创造性思维塑造动画角色的方法。本书适合作为高等院校和职业院校动画剧本创作相关专业的参考教材，也适合作为动画电影剧本写作和动画角色设计从业者与爱好者的参考书。

本书封面贴有清华大学出版社防伪标签，无标签者不得销售。
版权所有，侵权必究。举报：010-62782989，beiqinquan@tup.tsinghua.edu.cn。

图书在版编目（CIP）数据

动画电影剧作与角色塑造 / 王筱竹著 . —2 版 . —北京：清华大学出版社，2023.9
高等学校动画与数字媒体专业教材
ISBN 978-7-302-64646-4

Ⅰ. ①动… Ⅱ. ①王… Ⅲ. ①动画片－电影剧本－创作方法－高等学校－教材 Ⅳ. ① I053.5

中国国家版本馆 CIP 数据核字（2023）第 182366 号

责任编辑：田在儒
封面设计：戴　胤
责任校对：李　梅
责任印制：宋　林

出版发行：清华大学出版社
网　　址：https://www.tup.com.cn，https://www.wqxuetang.com
地　　址：北京清华大学学研大厦 A 座　　邮　编：100084
社 总 机：010-83470000　　邮　购：010-62786544
投稿与读者服务：010-62776969，c-service@tup.tsinghua.edu.cn
质量反馈：010-62772015，zhiliang@tup.tsinghua.edu.cn

印 装 者：三河市君旺印务有限公司
经　　销：全国新华书店
开　　本：185mm×260mm　　印　张：9.5　　字　数：220 千字
版　　次：2017 年 8 月第 1 版　2023 年 11 月第 2 版　印　次：2023 年 11 月第 1 次印刷
定　　价：49.00 元

产品编号：102700-01

丛书编委会

主　编
　　吴冠英

副主编（按姓氏笔画排列）
　　王亦飞　　田少煦　　朱明健　　李剑平
　　陈赞蔚　　於　水　　周宗凯　　周　雯
　　黄心渊

执行主编
　　王筱竹

编　委（按姓氏笔画排列）
　　王　珊　　王　倩　　师　涛　　张　引
　　张　实　　宋泽惠　　陈　峰　　吴翊楠
　　赵袁冰　　胡　勇　　敖　蕾　　高汉威
　　曹　翀

丛书序

每一部既引人入胜又给人以视听极大享受的完美动画片，都是建立在"高艺术"与"高技术"的基础上的。从故事剧本的创作到动画片中每一个镜头、每一帧画面，都必须经过精心设计，而其中的角色也是由动画家"无中生有"地创作出来的。因此，才有了我们都熟知的"米老鼠"和"孙悟空"等许许多多既独特又有趣的动画形象。同时，动画的叙事需要运用视听语言来完成和体现。镜头语言与蒙太奇技巧的运用是使动画片能够清晰且充满新奇感地讲述故事所必须掌握的知识。另外，动画片中所有会动的角色都应有各自的运动形态与规律，才能塑造出带给人们无穷快乐的、具有别样生命感的、活的"精灵"。因此，要经过系统严谨的专业知识学习和有针对性的课题实践，才能逐步掌握这门艺术。

数字媒体是当下及未来应用领域非常广阔的专业，是基于计算机科学技术衍生出来的数字图像、视频特技、网络游戏、虚拟现实等艺术与技术的交叉融合，是更为综合的一门新学科专业，主要培养具有创新思维的复合型人才。此套"高等学校动画与数字媒体专业教材"特别邀请了全国主要艺术院校及重点综合性大学相关专业院系富有教学和实践经验的一线教师进行编写，充分体现了最新的教学理念与研究成果。

此套教材突出了案例分析和项目导入的教学方法与实际应用特色，并融入每一个具体的教学环节之中，将知识和实操能力合为一个有机的整体。不同的教学模块设计更方便不同程度的学习者灵活选择，达到学以致用的目的。当然，再好的教科书都只能对学习起到辅助的作用，如想获得真知，则需要倾注你的全部精力与心智。

清华大学美术学院

2020 年 3 月

前言

剧本是动画电影拍摄的依据，优秀的剧本拍摄出来的故事和角色才会吸引人。党的二十大强调"人才是第一资源、创新是第一动力"。本书聚焦新时代对动画创新人才的需求，符合广大艺术设计院校影视动画专业对复合型人才培养目标的要求。本书内容基于动画电影理论，以设计思维为切入点，系统地讲述了剧本创作与角色塑造的基本方法。

动画艺术语言与动画创作流程的特殊性决定了动画电影与其他媒介之间的差异，动画电影剧本正是依据这种差异而进行的创作。不同风格的动画形式又对剧本的创作提出了不同的规范和要求。动画电影剧本是以视觉性语言讲故事的剧本形式。本书结合设计方法论，选用经典案例，将设计理念纳入剧本创作理论中，围绕故事与角色塑造的关系展开，讲述剧本创作过程中如何用创造性思维创作故事、塑造角色。全书共分4章：第1章为概述；第2章讲述动画电影剧本创作；第3章分析动画角色塑造法则；第4章阐述动画电影剧本创作与角色塑造的关系。本书第二版优化了章节结构，提高了案例的针对性，并增加了新的内容。

动画艺术家可以创作一个想象中的虚幻世界，想象力是尤为宝贵的财富。然而在创作剧本时，应如何甄选和打磨一个好的点子？如何进行专业叙事？如何塑造角色？如何把故事更好地展示给观众？这本书从概念发展、故事板绘制、角色造型、动作设计等各个阶段，解析了动画电影剧本创作的基本原理、叙事方式和创意方法。

动画技术的迅猛发展使我们拥有更丰富的艺术表达手段。实际上，任何艺术创作都不存在一定之规，动画更是如此。我们要做的就是突破成规，在遵循动画本质和规律的基础上延展我们的创意思维。这本书在总结剧本创作规律的同时侧重培养读者的创意思维，这种思维训练同样对故事和角色塑造具有重要意义。

希望本书能为正在学习动画剧本创作和动画设计的从业者、影视动画专业的学生以及热爱动画的读者们提供专业借鉴。文中不足之处，还望读者批评指正。

作 者
2023 年 7 月

课件参考

目 录

第 1 章　概述 / 1
  1.1　动画电影的发展 / 1
  1.2　动画电影剧作 / 4
  1.3　角色塑造 / 5

第 2 章　动画电影剧本创作 / 9
  2.1　动画剧本的产生与特质 / 9
    2.1.1　动画技术的发展 / 9
    2.1.2　早期动画创作模式 / 11
    2.1.3　动画角色创作的演变 / 12
    2.1.4　动画剧本形式 / 18
    2.1.5　动画创作流程 / 21
    2.1.6　动画剧本的特点 / 23
  2.2　题材 / 32
  2.3　主题 / 33
  2.4　情节 / 33
    2.4.1　故事与情节 / 33
    2.4.2　故事与动画类型 / 36
    2.4.3　情节模式 / 37
  2.5　结构 / 40

第 3 章　动画角色塑造 / 43
  3.1　动画角色感知力 / 45
    3.1.1　角色设置 / 46
    3.1.2　角色出场 / 48
    3.1.3　角色质感 / 52
  3.2　动画角色性格塑造 / 53

3.2.1 性格探源 / 54
3.2.2 角色性格模式设定 / 56
3.2.3 扁形性格与圆形性格 / 58
3.2.4 内在性格与外在性格 / 59
3.2.5 角色性格表现 / 60

3.3 动画角色造型设计 / 65
3.3.1 角色定位与影片类型 / 66
3.3.2 造型语言与性格表现 / 67
3.3.3 造型设计的符号化表现 / 73

3.4 动画角色动作设计 / 77
3.4.1 "动作"的概念界定 / 77
3.4.2 角色的动作化与"运动"思维 / 77
3.4.3 角色的行为动机 / 78
3.4.4 角色表演与情感植入 / 79
3.4.5 动作与反动作 / 82

第4章 动画电影剧本创作与角色塑造 / 85

4.1 动画剧本与创作思维 / 85
4.1.1 动画剧本的叙事结构与角色塑造 / 85
4.1.2 角色塑造与创意发散点 / 89
4.1.3 剧本创作的可视化 / 93

4.2 剧本结构与角色塑造 / 96
4.2.1 结构的内在本质与外在形式 / 96
4.2.2 动画电影剧本的节奏 / 99

4.3 角色塑造与艺术审美 / 104
4.3.1 电影画面语言 / 104
4.3.2 角色塑造的感受性原则 / 108

附录 奥斯卡获奖动画电影年表（1933—2023年）/ 117

参考文献 / 138

第 1 章 概　　述

动画电影剧本的创作与动画前期设计是决定影片品质的重要因素。剧本是影片拍摄的依据。剧本创作越出色，故事或图像就越吸引人。[①] 剧本为影片提供了戏剧性的故事情节和风格化的角色，并成为影片节奏控制的参考。本书以剧作原理和剧作思维为切入点，系统地探讨剧本创作与角色塑造关系的问题。动画作为一种表现形式，其艺术语言和创制过程的特殊性又决定了动画与其他媒介之间的差异。动画电影剧作正是依据这种差异而进行的创作。结合本体研究与设计方法论研究，本书将动画语言作为动画电影剧作的创作前提，探索故事的形成以及动画角色塑造的创作方法并尝试对动画剧作思维提出新的思考。

1.1　动画电影的发展

动画是艺术与技术结合的产物。技术进步是影响动画艺术创作模式和风格变化的主要因素。动画电影发展初期，动画仍然依托于电影的放映体系，无论是在制作技术方面还是艺术风格与创作模式方面，动画电影的发展无法剥离与电影的关系，电影技术的发展极大地促进了动画的发展。技术的进步总是为动画带来新的发展契机，新材料、新形式的产生对动画创作的艺术水准提出了更高要求。20 世纪 90 年代后半期，计算机动画等数码媒介的迅速普及改变了以往成本昂贵的制作模式，独立动画制作开始流行。数码媒介的普及使我们进入一个"谁都可以制作动画"的年代，创作者队伍不断扩大。另外，互联网等工具的使用也增加了创作者之间、创作者与观众之间交流的机会，越来越多的动画人推出了题材和内容更加多样化的作品。如今，动画已经逐渐巩固了它作为艺术形式和娱乐方式的地位，被广泛应用于电影、电视、网络等领域，已经成为 21 世纪无所

[①] 保罗·韦尔斯. 剧本创作 [M]. 贾茗葳，马静，译. 大连：大连理工大学出版社，2009：7.

不在的视觉语言。另外,动画在创作上并没有固定的观念,审美体验形式的多样化同时也拓展了剧作思维模式,为剧作者提供了更多的表现手法和创作途径。

1. 动画电影剧本模式的产生与特点

动画电影诞生于 20 世纪初叶,在其诞生之初,电影处于黑白、无声的探索阶段。动画电影作为在电影开场前放映的娱乐短片,内容只是对生活的简单模仿,剧本也无从产生。动画电影发展初期,仅以提纲、草图等作为拍摄前的参考依据。1938 年,迪士尼开创了从形式标准化转向戏剧化的剧作模式,成为动画电影剧作的雏形。

迪士尼作品在正式拍摄前主要以绘制故事板的方式确定影片的故事内容、细节、构图等环节。每一幕场景都绘制草图、设计角色动作,贴在板上供大家分析讨论,最后整理出来一整套连环画式的剧本。① 故事板形式避免了重复工作,又能够保证动画质量,一直沿用至今。故事板的视觉表现形式直接影响文字剧本的创作思维,在文字剧本中,故事叙事与角色塑造须以具有"镜头感"的语言架构文本,并在这种视觉化的基础上呈现出动画语言特有的质感。与文学作品的创作不同,动画电影文字剧本的创作是与其他部门的动画设计师,在不断探讨与修改的过程中最终完成的。动画电影剧本是以视觉性语言讲故事的剧本形式,视觉化、镜头感、动画语言表现力等剧作要素则暗示了剧本文字的功能性,即如何用最简洁的语言,表达最富有想象力的情境、塑造生动各异的角色性格,以及如何用文字架构出电影的整体节奏。动画电影文字剧本的最终价值体现在图形的转换功能上,因此"运动思维"在剧作者的创作过程中起到重要作用。

2. 动画角色塑造的历史转变

1906 年,美国的布雷克顿制作了世界上第一部动画影片《滑稽脸的幽默相》。法国的埃米尔·柯尔进一步发展了动画的拍摄技术,用遮幕摄影法将动画和真人表演结合起来;1914 年,美国的温瑟·麦凯推出剧情动画影片《恐龙葛蒂》。《恐龙葛蒂》是第一部注重拟真与夸张的动画片,包含完整的故事情节与角色个性,极具娱乐性。其中憨态可掬的动画角色恐龙"葛蒂",甚至成为名噪一时的动画明星。这部动画与真人表演相结合的动画电影改变了此前动画作品中的艺术倾向,开创了一种重视角色塑造、故事结构和通俗趣味的新型动画创作模式,标志着美国动画商业模式的形成,具有历史象征意义。在有声电影初期,美国的弗莱雪兄弟创作了电影《贝蒂·布普》和《大力水手》,其中"大力水手卜派"逐渐成为美国民众理想中的个人英雄主义的化身。1919 年,奥托·梅斯默成功地塑造了一只"个性十足"的"菲利克斯猫",深受观众喜爱。

动画与连环漫画这两种艺术形式的联系十分紧密,早期动画角色很多来自连环漫画

---

① 孙立军,马华. 美国迪士尼动画研究 [M]. 北京:京华出版社,2010:32.

中的"图画故事"。这种从平面形式直接移植到电影中的角色形象具有一定艺术形式上的缺陷，难以表现角色性格。1923年，"沃尔特·迪士尼动画片公司"正式成立。沃尔特表现出剧本写作方面以及对角色塑造方面的天分，尤其在对角色的运动节奏与时间掌控方面都十分专业。1926年，沃尔特绘制了兔子"奥斯瓦尔多"，并将其打造成一个极具个性的角色。

迪士尼萌芽之初，沃尔特与乌布·伊沃克斯共同创作了"米老鼠"。1928年11月18日，有声电影《气船威利号》上映，反响极为强烈。20世纪30年代，迪士尼相继开发了"米老鼠"题材的系列动画片，"布鲁托""高飞狗""唐老鸭"等角色作为"米老鼠"的伙伴纷纷登场。这批卡通角色的成功塑造为迪士尼王国的迅速崛起奠定了基础，然而迪士尼本人追求完美的精神与说故事的才能，更是维持公司品质的原动力。[1] 由于片场制度的建立，迪士尼的创作风格逐渐转向定型化，并向着以迎合大众趣味为主的写实风格转变。

3. 对动画艺术形式与风格的探索

动画的发展体现出创作者从自发到自觉的过程。欧、美、日的动画发展各有侧重，欧洲早期动画片更倾向于对实验性、艺术性的探索，并没有形成一定的产业规模。美国动画商业模式的形成标志着二者在艺术风格上的差异。1950年，电视的普及造成小型动画企业开始尝试"有限动画"的制作。1958年1月手塚治虫创作的《铁臂阿童木》问世，确立了以剧情为重点、重角色塑造的日式动画风格。日本动画从此形成了不同于美国的动画风格，一大批佳作的问世标志着日本动画进入了历史上的黄金时期。

4. 动画电影在中国的发展历程与势态

万氏兄弟[2]于1926年创作了中国第一部动画片《大闹画室》，1935年制作了中国第一部有声动画片《骆驼献舞》，1941年拍摄了全亚洲第一部动画长片《铁扇公主》，此片标志着中国动画走向成熟。20世纪五六十年代成为中国动画发展的鼎盛时期，中国动画艺术家致力于对本民族艺术风格的研究与探索，《小蝌蚪找妈妈》《牧笛》《大闹天宫》等一大批优秀动画片荣获至高荣誉，并得到全世界观众的喜爱和好评。

20世纪90年代末至今，中国动画产业发展势态迅猛，但尚未进入良性发展阶段。整体来看，我国动漫产业仍然处于发展的初期阶段，今后会更多地受益于转型升级所带来的质量和效益提升。

当前，日本、欧美的动漫产品大量占据国内消费市场，动画产值相对低下成为中国动画产业发展的瓶颈。动画创作问题仍是首要问题，国产动画电影内容生产实力有了进

---

[1] 孙立军，马华. 美国迪士尼动画研究[M]. 北京：京华出版社，2010：20.
[2] 万氏兄弟即万古蟾、万籁鸣、万超尘、万涤寰。

一步提升，类型和题材也日趋多元化，票房持续走高，然而，仍匮乏质量出众的好作品，令观众逐渐失去兴趣和热度。部分作品在动画创作风格上的"迷失"，造成对国外尤其日、韩动画的盲目照搬等行为，甚至在某种程度上打击了国内观众对于本民族文化的自信。这种现象也暴露出在动画创作方面的许多弊端：对民族艺术风格探索研究的停滞不前、创作中缺乏适度的理性与热情等问题都是阻碍国产动画发展的结症。故事创作以及角色塑造等前期创作要素是决定动画影片成败的决定性环节，只有把精力放在创作本身，才能产出观众喜爱的作品。

影视剧本写作的共性与基本要求是文字具有"镜头感"，以便视听语言的转化。而动画语言是区别于一般媒介表现形式的决定性因素，同时也是进行动画电影创作的关键。在剧作范畴内重新界定动画角色塑造的概念将艺术设计理念融入剧作思维中，归纳总结剧本创作和剧作思维的规律，在"视觉化"要求的前提下，提供多维度的创作途径。

剧情动画在剧作结构上借鉴了电影的构成原理，不同的是，动画语言的特殊性造成了动画电影在叙事结构和表现矛盾冲突等方面具有更加灵活的手法，因此，动画电影的剧作思维具有符号性、灵活性的特点。同样用视觉语言讲故事，但是动画电影在满足观众的心理期待与诉求方面，幽默、夸张的表现手法仍然是最重要的。然而一切理论都是相对的，经验和规律的总结为创作者提供理论依据和参考，但并不是绝对真理。

1.2 动画电影剧作

动画电影（animated film）是指以动画形式制作的电影。动画电影分为两类，一类是电视动画的剧场版，另一类是原创动画电影。动画电影以表现戏剧性冲突为主，其叙事风格多以满足观众的娱乐性需求为主要目的。同时创作者可以借鉴实验动画等非主流动画影片的创作经验作为补充。

动画是艺术与技术结合的产物，技术的进步不断地影响了动画艺术创作模式与风格的变化。动画电影具有娱乐性、商业性的特点，多以实现商业成功为目标并将影片中的角色衍生为可供观众购买的商品。而"独立制作动画"的定义是：不以制作电视片、剧场影片、广告、教材等形式的商品为目的，而是持非商业立场，主要从个人立场出发，用个人资本制作的动画。[①] 如果以播放时间来划分，那么动画电影可分为动画长片（90分

---

① 津坚信之. 日本动画的力量：手塚治虫与宫崎骏的历史纵贯线 [M]. 秦刚, 赵峻, 译. 北京：社会科学文献出版社, 2011: 116.

钟左右）和动画短片，时间的长短将成为影响叙事结构的主要因素。实际上，无论从播放时间、创作目标、受众群等方面如何进行划分，从结构上说，这些影片都具有一定的叙事性特点。如保罗·韦尔斯所说，"即使抽象类动画作品（或称为'非叙事类'动画）在某种程度上也是在讲述故事，它可能是表现作品从创作到上映的过程，或者是对某种形式的探索以形成某种结构上的处理方式。甚至'混沌'或毫无结构可寻的作品也是叙述性的，讲述客观生活中的机会主义或杂乱无序的世界观"。[①] 动画电影在艺术创作层面的界限十分模糊，即使商业性动画电影也不乏从实验短片中借鉴创作灵感以探寻主题表达的深刻意义。

1.3 角色塑造

动画电影中的角色塑造从剧本文字到银幕画面需要一个可视化过程。另外，文字剧本中的角色塑造还需考虑动画语言的特点。因此，动画角色的造型设计特点和动作设计特点在剧作思维的视觉化转化过程中产生直接影响。早期动画角色很多来自连环漫画中的"图画故事"，从书刊直接走上银幕。角色形象从平面形式直接移植到电影中，具有艺术形式的缺陷，很难表现角色的性格。通过赋予角色性格，可以让动画角色在银幕上"活"起来。

动画电影与产业的结合，始于"菲利克斯猫""大力水手卜派"等一批动画明星角色的诞生。在迪士尼公司萌芽之初，沃尔特·迪士尼与乌布·伊沃克斯共同创作了"米老鼠"。"米老鼠"的成功极大地提高了迪士尼的知名度。20世纪20年代末，"米老鼠"作为"正义"的代表成为好莱坞经济大萧条时期的"英雄"。动画电影开始重角色塑造，打造动画明星的创作模式。"米老鼠"诞生之后，沃尔特逐渐认识到可视化语言最能适应银幕效果，喜剧效果并不能仅依靠"俏皮话"和"对白"，而是要通过角色的动作来表现。通过造型设计能够赋予角色性格，通过动作设计则能更好地表现出角色的心理和情感，制造幽默、夸张的娱乐效果。

首先，角色造型、动作等设计元素限定了角色的行为特点，进而对文字剧本的创作思维产生影响；其次，角色的造型特点和运动特点成为剧作者铺设剧情的重要参考；最后，剧作必须转化为最终产品，动画才有价值。因此，剧作为视觉化设计提供必要的信息，而角色造型设计和运动设计恰好做到了这一点。

故事与角色是剧本创作的重要因素。动画电影剧作存在动画艺术语言自身的特点。角色造型和动作设计既是角色性格的外在表现形式，又是角色行为动机与故事情节设定

---

① 保罗·韦尔斯. 剧本创作 [M]. 贾茗葳，马静，译. 大连：大连理工大学出版社，2009：28.

的依据。探索故事与角色的感受性始终是动画电影剧作的重点。因此，剧作者对动画设计语言的充分理解有助于动画剧作思维的形成。

保罗·韦尔斯在《剧本创作》一书中论述了动画之所以成为一门与众不同的艺术的理论依据。韦尔斯指出，即使在不同时代和技术背景下，动画依然能够保持其自身的艺术语言的特点，这种特质是任何类型的动画电影剧作者所不能忽略的。"动画是一门超现实的艺术。独立电影制片人用丰富多彩的动画图像生动地展示人物的内心世界，动画师在大片中营造出震撼人心的视觉效果。但动画仍是目前最具多样化、最独立的艺术表现形式。"韦尔斯进一步指出，在计算机时代到来之前，动画称得上是过程的艺术，其制作方法的决定因素是人物和物体的自觉"移动"以及产生移动效果的"定格"概念。诺曼·麦克拉伦曾说："每两帧之间的动画效果要比每帧的效果重要得多。"（所罗门，1987年）韦尔斯认为这是与动画定义相关的最重要的论述之一，并指出"动画最重要的因素是艺术家在图像叠加和发展的过程中自觉营造的美感和技术不一定出现在两帧之间，但肯定在动画播映的过程中有所体现"。[①] 这一特点使动画成为一种与众不同的艺术。动画是图像移动的过程，它的进程始终受到由各种需求决定的自觉创作策略的制约与权衡。韦尔斯表示，"动画只是创造性的'动作'展示，这种展示通过包括图像绘制、材料组建和胶片制作的过程来完成。动画的设计者和剧本作者要领会其中的内涵。他们的创作不仅要达到真实动作的效果，还要恰到好处地体现出动画的特色"。

罗伯特·麦基在《故事——材质、结构、风格和银幕剧作的原理》一书中论述了银幕剧作的原理，并阐释了三幕戏剧结构和人物塑造的重要性，以及将一个想法转化为故事直至转化为银幕剧本的方法。罗伯特·麦基在谈到小说与电影在表现角色内在生活的差异性时这样认为，"银幕剧作是一门变内在的东西为有形的东西的艺术。我们为内心冲突制造视觉对应物——不是用对白或叙述来描述思想和情感，而是用人物选择和动作的形象以间接而又难以言喻的方式来表达内心的思想和情感"。[②] 动画电影剧本的创作与真人电影作品相比较，其不同之处在于用动作去表现冲突时，往往使用动画语言的思维方式完成动作的视觉化过程，通过更为简洁、概括的表现方法去设计动作，表现角色的心理和动机。另外，罗伯特·麦基描述了冲突与时间对叙事的重要性。他认为在观众看来，如果在几分钟内看完一个故事，只能要求获得一瞬间的愉悦。当故事达到一定长度时，起码需要三幕，其目的是达到故事的深层意义。观众真正需要的是一种达于生活极限的、

---

① 保罗·韦尔斯.剧本创作[M].贾茗葳，马静，译.大连：大连理工大学出版社，2009：13.
② 罗伯特·麦基.故事：材质、结构、风格和银幕剧作的原理[M].周铁东，译.北京：中国电影出版社，2001：268.

具有广度和深度的诗化体验。

　　罗伯特·麦基对剧作冲突的本质问题进行了描述，他认为，"生活与终极问题有关，例如，如何找到爱和自我价值？怎样才能使内心的混乱归于宁静？以及我们周围无处不存在着巨大的社会不平等和时间一去不复返这样的问题。生活就是冲突。冲突是生活的本质。作家必须决定在何时何地排演这种斗争"。他还指出细节在原型故事中的重要性，"电影故事的要义是创造原型魅力，并赋予他人所未见的细节，以致观众不可抵御地被其人物所吸引，沉湎于一个我们从来不曾知闻亦不可想象的领域。原型故事挖掘出一种普遍性的人生体验，然后以一种独一无二的、具有文化特性的表现手法对它进行装饰"。① 创造出具有永恒价值的作品成为所有剧作者的至高追求。

　　从总体发展趋势来看，动画与其他艺术门类的界限越来越模糊，因此应将动画创作的学习置于更宽广的范围内，将文学、戏剧、音乐、绘画等各种艺术的表现形式与创作规律融会贯通，加深对动画本质的认识，使动画的创作理念始终立足于技术发展之上。例如剧作理论著作李渔的《闲情偶寄》，从结构、词采、音律、宾白、科诨、格局六个方面谈论了戏剧剧本创作的原理和技巧。元杂剧和明清传奇是中国古代戏剧发展中的两个高潮，其作品往往重于"曲"而淡于"戏"，李渔则进一步指出，"好剧本并非只有文采，读起来感人，而是要演出来感人"。并强调了戏剧中剧本的重要作用，所谓"剧本之本，一剧之本（中心）"。动画电影的"一剧之本"包括文学剧本与分镜头台本，其中文学剧本是影片拍摄的基础。亚里士多德的《诗学》、黑格尔的《美学》、劳逊的《戏剧与电影的编剧理论与技巧》、贝克的《戏剧技巧》、斯坦尼斯拉夫斯基的《我的艺术生活》、布莱希特的《戏剧小工具篇》等戏剧方面的理论研究著作，夏衍的《电影剧本写作的几个问题》、西德·菲尔德的《电影剧本写作基础》、弗雷里赫的《银幕的剧作》（电影与戏剧的区别）、安德烈·巴赞的《电影是什么》（电影本体、电影心理、电影美学、电影写实主义流派）、新藤兼人的《电影剧本的结构》、乔治·萨杜尔的《世界电影史》等电影理论与电影史学著作都可以为研究动画电影剧作提供理论依据和参考。另外，苏珊·朗格的《艺术问题》与《情感与形式》（符号学美学代表作）提出"将艺术定义为'人类情感的符号形式的创造'"的美学命题。苏珊·朗格的符号学与索绪尔的电影符号学则被应用于符号构型、角色造型与情感表达的关系研究等方面，为动画艺术设计提供理论参考。

　　国内外相关动画电影剧作理论的书籍和教材广泛涉及了动画前期创作理论和设计方法，可作为借鉴。优秀的动画电影和各流派探索性的实验动画也成为剧作研究的依据。不同的类型和风格体现了不同的价值观和艺术趣味，后现代影片的超现实主义、对主流

---

① 罗伯特·麦基.故事：材质、结构、风格和银幕剧作的原理[M].周铁东，译.北京：中国电影出版社，2001：4.

意识的颠覆与解构、对人物的表现、经典对白设计、镜头运用、画面构成等方面的表现手法和创作经验对于动画电影剧作的研究提供了更为直接的参考。

【思考与练习】

哪几部真人电影植入了动画技术用来传达剧情？找出这些作品并分析其作用。

第 2 章 动画电影剧本创作

2.1 动画剧本的产生与特质

　　动画电影诞生于 20 世纪初叶，伴随工业技术革命的发展，动画电影存在着繁荣与变动、萌芽与探索共存的现象。在其诞生之初，电影处于黑白、无声的阶段。当时的动画电影并不是一个单独的类型，而是作为在电影开场前的娱乐节目出现，往往只有十几分钟，影片内容多表现为对生活的简单模仿，电影剧本无从产生。即使到了剧情动画发展初期，也并没有剧本形式，而是使用提纲、剧情梗概、草图等作为影片拍摄前的参考依据。20 世纪 30 年代后，迪士尼制片厂成立了剧本故事部门。1937 年，迪士尼生产了世界上第一部长篇动画电影《白雪公主和七个小矮人》。影片在制作前构想出整个故事的复杂结构和角色形象，从形式标准化转向戏剧化的结构方法，这种创作模式成为动画电影剧作的雏形。[①] 从动画电影的发展史来看，动画作为艺术与技术结合的产物，日新月异的工业技术进步是影响动画艺术创作模式和风格变化的主要因素。

2.1.1 动画技术的发展

　　1824 年，英国的彼得·罗杰特（Peter Roget）撰写了《移动物体的视觉暂留现象》（*Persistence of Vision with Regard to Moving Objects*）一书，阐述了"视觉暂留"现象。"视觉暂留"是光对视网膜所产生的视觉反应，视神经的反应速度为时值 1/24 s，在光停止作用后，图像仍然能够在视网膜上保持一段时间。"视觉暂留"原理是动画形成的根据。实际上，

---

① 故事首先树立两种对抗势力，相互冲突，产生危机，经过追逐、纠缠，接下来是一个更大的危机和最后的高潮。迪士尼把这样的剧作当成一种结构影片的形式，运用自如。这种形式不存在技术上的难度，唯一的问题就是如何创作出好看的故事内容。形式和内容都确定以后，把选定的故事分成若干部分——开始、中间、结尾，然后分给每个部分一个适当的时间。这种制作模式成功地脱离了黑白卡通片的风格，显示出迪士尼从大众搞笑娱乐文化朝着精英文化大胆尝试的文化决心。

这种现象在古代就已经被发现，直至 19 世纪，才开始作为成像理论进行研究。中国宋代就有马骑灯；1828 年，法国人保罗·罗盖发明了留影盘；1835 年，比利时物理学家尤瑟夫·普拉托（Joseph Plateau）发现，形象在人眼视网膜上的停留时间与原始物像的强度、颜色、长短有紧密联系，当快速运动的物像消失时，人眼仍能够保留其影像约 0.1~0.4s。后来他根据"视觉暂留"原理发明了"幻透镜"（phenakistiscope）。

1917 年，德国实验心理学家、格式塔心理学创始人马科斯·惠特海默（Max Wertheimer）对"视觉暂留"现象进行了心理学解释。1910 年，惠特海默通过速示器（tachistoscope）研究活动图像的效果，于 1912 年发表《运动知觉的实验研究》，标志着格式塔心理学的形成。惠特海默提出人的运动知觉的基本规律，是一种通过视觉幻觉产生的运动假象的"phi 现象"（英文：phi phenomenon，法文：phi phénomène），即常说的"似动现象"[①]。从实验心理学的角度讲，在某些条件下，人由一个单一的刺激可以产生"运动"的感觉，实际上并不是在动，而是"感觉上在动"（apparent motion），这个现象被称为"似动现象"。格式塔心理学以"整体构成"（完形）原理，对影像的"似动现象"和深度感幻觉进行了心理解释。格式塔心理学认为，影片的一幅幅静态画格，以每秒 16 格或 24 格的速度连续呈现，会产生似动和深度感的幻觉，这不仅是由于生理的视觉暂留现象，而且有赖于把影像组织成更高层次的动作整体的"特殊内心体验"——"完形"过程，是大脑积极参与认同的结果。这种"完形"作用造成的效应即似动效应，或"Phi 效应"[②]。

乔治·维德和乔治·莱利斯在电影概论读本《电影：形式与功能》（1981）第二章，再度探讨了对电影幻觉运动心理学概念的认识。文章提出，关于运动的命题已经从对产生幻觉运动的生理学解释，转向对心理学基础的研究。并指出电影理论先驱、德国人蒙斯特堡早在 1916 年发表的专著《映剧：一个心理学研究》，研究了电影本性的心理学基础。但是由于当时人们迷恋于电影的照相本性说，以致他的研究成果遭到冷落。从电影的发展历史来看，电影技术的发明基于以下 3 个基本因素。

（1）让画面动起来的视觉游戏，如走马盘、诡盘等，它们由"活动画面"而产生了幻觉运动。

（2）照相术，并由照相技术发展为活动照相，包括摄影机和软胶片。

[①] 惠特海默实验：惠特海默使用速示器，通过两条细缝投射到屏幕上两条线，一条线垂直，另一条线与垂直形成 20°~30° 的角，惠特海默相继投射出两条线。如果两条线出现的时间间隔是 200ms 或者更长时间，被试看到的是两条先后出现的直线，没有似动知觉产生。如果两条线出现的时间间隔小于 30ms，被试看到的是两条同时出现的直线，也没有产生似动知觉。但是，如果时间间隔大约是 60ms，那么被试看到的是一条直线从一个位置移动到另一个位置，似动知觉产生了。惠特海默称，这一现象为似动现象（phi phenomenon）。

[②] 邓勤勤，马富强. 似动现象对于动知觉认识的启示 [J]. 心智与计算，2009（3）：99-103.

（3）放映术，即由幻灯投影发展为连续放映。

在这 3 个基本因素中，最关键的是幻觉运动和复制现实的问题。关于电影艺术的内容与形式、风格与流派、叙事与影像、结构与语言诸方面的差异由此产生。①

2.1.2 早期动画创作模式

积极的实验与理论研究为动画的发明和发展提供了科学基础。1906 年，布雷克顿（J.Stuart Blackton）制作了世界上第一部动画影片《滑稽脸的幽默相》(*The Humorous Phases of Funny Faces*)，法国的埃米尔·柯尔（Emile Cohl）进一步发展了动画的拍摄技巧，前后拍摄动画短片 250 余部。他是利用遮幕摄影法将动画和真人表演结合起来的先驱者。1914 年，温瑟·麦凯（Winsor McCay）推出剧情动画影片《恐龙葛蒂》(*Gertie the Dinosaur*)（图 2-1）。《恐龙葛蒂》包含完整的故事情节、角色个性、十分富有娱乐性，并且是第一部注重拟真与夸张的动画片。憨态可掬的恐龙"葛蒂"甚至成为名噪一时的动画明星。这部动画与真人表演结合的动画电影改变了此前动画作品中的艺术倾向，开创了一种重视角色塑造、故事结构和通俗趣味的新型动画创作模式，对美国动画的发展方向产生了巨大影响，标志着美国动画商业模式的逐步形成，具有历史象征意义。之后，温瑟·麦凯创作了世界上第一部动画纪录片《卢斯塔尼亚号的沉没》(*The Sinking of the Lusitania*)，使动画向现实主义和戏剧效果迈进，共绘制了 2.5 万张画稿，是当时最长的影片。同年，麦克斯·弗莱雪（Max Fleischer）发明了转描机（rotoscope），可以准确地记录真人的动作。1915 年，美国人艾尔·赫德（Eerl Hurd）发明了在赛璐珞片上分层绘制图案的方法，

图 2-1 《恐龙葛蒂》(*Gertie the Dinosaur*)，1914 年，温瑟·麦凯（Winsor McCay）

---

① 孔都.电影本性的再认识——对乔治·维德、乔治·莱利斯《运动》一文的评介 [J].当代电影，1986（5）.

这成为动画的基本绘制与拍摄方法,提高了制片效率。1916—1929年弗莱雪创作了《墨水瓶人》(Out of the Inkwell)和《小丑柯柯》(Koko the Clowns),将照片和绘画结合在一起,这一系列的动画影片都是依照同一个剧本拍摄的。弗莱雪兄弟在有声电影初期创作了贝蒂·布普(Betty Boop)卡通(动画)人物,另一部影片《大力水手》(Popeye the sailor)广为流传。大力水手"卜派"(Popeye)的原形是一个菠菜罐头广告的角色,由漫画家E.C.西格尔创作。"卜派"个性十足,经常打败欺负奥利弗的流氓"布鲁托",这个角色逐渐成为美国民众理想中的个人英雄主义的化身。相对于美国动画的商业模式,欧洲的一批动画艺术家则追随着美术与电影的印象主义、表现主义风潮,制作出一大批艺术动画,并没有形成一定的产业规模。[①] 动画工作室是美国早期动画的基本形态。有声年代之前,导演与艺术家在各工作室之间频繁流动,团队协作与人才流动在一定程度上促进了动画技术的竞争与发展。

2.1.3 动画角色创作的演变

早期动画角色很多来自连环漫画中的"图画故事"。连环漫画和动画这两种艺术形式联系紧密,包括布雷克顿、温瑟·麦凯在内的许多动画家同时也是漫画家,他们是从连环漫画开始接触动画的。例如,柯尔把漫画家麦克·马努斯笔下的"小淘气"形象拍成了动画片《斯努卡斯》;1915—1920年,费休在漫画和动画领域都很有名望,他绘制的《麦特和杰夫》取得了成功;同一时期的《快乐的流氓》和《宿醉》两部动画片使贝尔·格林成为当时著名的动画家。早期动画片中的角色形象从书刊直接走上银幕,多数情况下角色之间的对话仍然通过"漫画式气球"的图形表示。这种从平面形式直接移植到电影画面中的角色形象具有艺术形式上的缺陷,无法更好地表现角色本身的性格。另外,早期美国动画电影从歌舞杂耍中吸取经验,这种创作手法影响深远,在今天的很多动画电影作品中,依然可以看到借助美国百老汇歌舞表演来构造剧情以及设计角色动作的形式,例如,《小美人鱼》《美女与野兽》《花木兰2》《里约大冒险》等。动画电影在创作观念上同时借鉴了绘画艺术的精髓以及漫画卡通的通俗文化的特点,因而以美国为代表的主流动画电影包含前卫精神与庸俗文化两种特性。这也是动画电影最具代表性和最富有魅力的特性。

1. 早期动画角色

20世纪二三十年代,菲利克斯猫(Felix the Cat)、大力水手卜派(Popeye the sailor)、贝蒂·布普(Betty Boop)(图2-2)等一批至今仍脍炙人口的动画明星角色的诞生,促成了动画电影与产业的结合。1919年,帕特·沙利文公司(Pat Sullivan)的奥托·梅斯

---

① 孙立军,马华.美国迪士尼动画研究[M].北京:京华出版社,2010:4-6.

默（Otto Messmer）创作了"菲利克斯猫"，它在《猫的闹剧》(Feline Follies) 中首次亮相。"菲利克斯猫"是美国动画史上第一个有个性魅力的动画角色。梅斯默沿袭了恐龙葛蒂的创作技巧，为这只聪明的小猫量身定制了几套表情和姿态，使它具有机器无法复制的动作模式，并赋予"菲利克斯猫"独特的个性。角色塑造的成功使"菲利克斯猫"成为美国当时连续十年内最受欢迎的卡通明星。并且"菲利克斯猫"的玩具、唱片、贴纸等以儿童为对象的消费新市场也同时建立起来，形成了一套全新的电影销售模式。另外，"菲利克斯猫"的成功引发了很多以动物为题材的动画片的创作。例如，本·哈里逊和曼尼·高尔德创作的《疯狂的猫》，乌布·伊沃克斯的《青蛙弗利普》，沃尔特·迪士尼的《幸运的兔子奥斯瓦尔多》，以及乌布·伊沃克斯与沃尔特·迪士尼共同创作的《米老鼠》。①

图 2-2　菲利克斯猫、大力水手、贝蒂·布普造型设计

2. 沃尔特·迪士尼创造的动画角色

　　1905 年镍币电影院遍及美国，电影逐渐发展为一门艺术。20 世纪 20 年代中期，豪华电影院取代了镍币影院。20 世纪 20 年代末，有声电影出现。电影技术的发展极大地促进了动画的发展。1919 年，沃尔特·迪士尼与乌布·伊沃克斯（Ub Iwerks）成立了一家伊沃克斯——迪士尼商业美术公司。他们不满足于当时极为流行的《菲利克斯猫》《墨水瓶人》等卡通片的角色风格，期待创造出一个有"个性"的、让观众永远记住的动画角色。沃尔特早期的影片没有超过"菲利克斯猫"等知名角色的观众认可度，但他的影片充满十足的幽默感。1923 年，"沃尔特·迪士尼动画片公司"正式成立。沃尔特借鉴《墨水瓶人》的制作技术，创作出将真人"爱丽丝"放置在动画背景中拍摄的影片——

---

① 孙立军，马华. 美国迪士尼动画研究 [M]. 北京：京华出版社，2010：8.

《爱丽丝梦游仙境》。这一系列影片连续播映了 4 年，为沃尔特带来良好声誉。他不再一味地模仿别人的风格，而是表现出剧本写作方面以及对于角色塑造方面的天分，尤其对于角色的运动节奏与时间的掌控方面都十分专业。1926 年，沃尔特绘制了兔子"奥斯瓦尔多"（Oswalt）（图 2-3）。1927 年，系列短片《奥斯瓦尔多》第一集《可怜的爹爹》放映并不成功，沃尔特意识到"奥斯瓦尔多"一定要成为一个有个性色彩的角色，而不能仅仅靠笑料和戏剧情景才能活动起来。在第二集中，"奥斯瓦尔多"被设计成为一个"胖乎乎的古怪的野兔模样，穿着很不合身的背带裤，看起来仿佛一副蠢相，实则狡猾伶俐"的造型。环球公司发行了新"奥斯瓦尔多"出演的《有轨电车的风波》，获得了巨额利润。

图 2-3 兔子"奥斯瓦尔多"造型（Oswalt），1926 年，沃尔特·迪士尼

3. "米老鼠"的诞生与影响力

迪士尼萌芽之初，沃尔特·迪士尼与乌布·伊沃克斯共同创作了"米老鼠"（Mickey Mouse）这个角色（图 2-4）。"米老鼠"的诞生对于迪士尼王国的兴起具有不可估量的价值。1928 年 5 月，"米老鼠"在好莱坞预演之后，沃尔特根据查尔斯·林德伯格首次单人驾机飞跃大西洋的事件，草拟出《疯狂的飞机》（Plane Crazy）的动画剧本，由乌布绘制草图，同期推出的还有《骑快马的高卓人》（The Galloping Gaucho）。1928 年 11 月 18 日，有声电影《气船威利号》在侨民剧院上映，反响极为强烈，被媒体誉为"天衣无缝的同步之作"。声音为"米老鼠"这个角色带来了特殊的魅力。实际上，沃尔特在第一部有声电影诞生之后，就立即察觉到声音对于动画片的重要性，于是开始致力于声音方面的工作。1932 年，迪士尼的第一部彩色有声动画片《花与树》（Flowers and Trees）非常成功，并获得当年的奥斯卡奖。20 世纪 30 年代，迪士尼相继开发了米老鼠题材的系列动画片，"布鲁托""高飞狗""唐老鸭"等角色作为"米老鼠"的伙伴纷纷登场。1937 年 12 月，迪士尼的第一部彩色动画长片《白雪公主与七个小矮人》问世，在全世界放映，盛况空前。

图 2-4　不同时期的米老鼠造型

"米老鼠"的成功极大地提高了迪士尼的知名度。20 世纪 20 年代末，正是经济萧条的混乱时期，品行端正、性格坚强的"米老鼠"作为正义的代表恰好成为时代的需要。"米老鼠"受到越来越多民众的狂热追求，其受欢迎程度让"菲利克斯猫"和"兔子奥斯瓦尔多"黯然失色。1938 年 5 月 21 日《星期六晚邮报》上一位幽默的作家这样说："美国作风，就是花上几百万美元拍摄场面豪华的影片，却坚持在上映这些影片的时候把'米老鼠'穿插进去。"① "米老鼠"成功的另一个重要原因还在于它诞生时动画电影已经可以利用音乐与音响，迪士尼通过音响和画面的结合产生了新的喜剧形式。

4. 电影技术与艺术风格的探索

1）美国

1929 年，迪士尼制作了系列短片《傻瓜交响曲》，其中第一部《骷髅之舞》参考了伊特拉坎人在墓穴壁上的骷髅图副本和英国漫画家罗兰森创作的一组骷髅舞作品，由乌布·伊沃尔斯执笔绘制。此片摒弃了以往惯用的重故事情节和角色的创作路线，运用超现实主义手法，着重气氛渲染，在今天看来其创作风格仍然具有典型意义。电影技术的发展同时为动画带来全新的创作思维和创作模式。迪士尼 1937 年出品的《傻瓜交响曲》系列的第三部《老磨坊》(The Old Mill) 继承了《骷髅之舞》的创作风格，以营造气氛为主，并在动画拍摄技术上取得了迅猛进展，第一次在此片中使用了多层摄影机设备（图 2-5）。用电影的摄影特技造成一种视觉幻觉，景深镜头效果的使用创造出场景的空间感。动画具有随意表现的灵活性，可以表现电影特技摄影中受限制的镜头效果。沃尔特不断吸取电影技术进步带来的契机，并充分运用动画艺术假定性和夸张的特质，不断拓展作品的创作空间。

在对艺术的探索方面，沃尔特受到早期电影传统的影响，并把梅莉爱、鲍特、格里菲斯以及欧洲其他人在电影艺术上的成就糅合运用并加以发扬光大。以其卓越的才华和信念为美国影片带来个人独特的笔触，追求质量的热忱，对于优美艺术的鉴赏和对于"公

---

① 刘易斯·雅各布斯. 美国电影的兴起 [M]. 刘宗锟，等，译. 北京：中国电影出版社，1991：529.

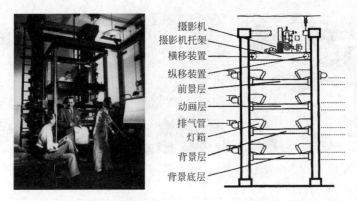

图 2-5　多层摄影机（multiplane camera）

式化"影片的鄙视，使他的动画片成为当代美国电影艺术最优美的表现形式。[①] 20 世纪二三十年代，迪士尼在动画技术与艺术方面的独创形成了典型的艺术风格，并日趋成熟。20 世纪三四十年代是迪士尼迅速发展的年代，迪士尼不但成功地改写了电影史，并且从此确立了它在动画王国中不可动摇的位置。

2）欧洲、日本

欧洲早期动画电影更加倾向于对实验性、艺术性的探索。1931 年英国的费辛吉首次完成了流动变形的抽象音乐动画片。1933 年里恩莱制作了抽象的色彩实验动画片。法国人亚里克斯和派克联合制作了《秃山之夜》，充满强烈的个人艺术风格和前卫性。1950 年，随着电视的普及，小型动画企业开始尝试"有限动画"的制作，转向通过故事情节和音响效果来弥补视觉上的不足，以适应电视动画的播出需求。1958 年 1 月手塚治虫创作的《铁臂阿童木》问世，确立了以剧情为重点，重角色塑造的日式动画风格。从此，日本动画形成了不同于美国的风格，进入了历史上的黄金时期。

3）中国

万籁鸣、万古蟾、万超尘于 1922 年拍摄了中国第一部广告动画片《舒振东华文打字机》。1941 年，万氏兄弟摄制了亚洲第一部动画长片《铁扇公主》，标志着中国动画开始走向成熟。1949 年之后的十年间，是中国动画发展的黄金时期，这一时期的动画致力于对本国民族风格探索，题材上广泛挖掘民间故事、神话、传说、童话等，表现形式上注重采用水墨、剪纸、折纸、皮影、木偶等具有民族风格的艺术样式，诞生了孙悟空、哪吒、人参娃娃等一大批动画角色。例如,《小蝌蚪找妈妈》（1960）、《牧笛》（1964）将中国的水墨与动画艺术结合，通过中国画特有的表现技法与诗情画意的传达，再现了令人耳目一新的银幕效果。1964 年万籁鸣导演的大型动画片《大闹天宫》（图 2-6）问世。《大闹天宫》在造型、场景、色彩设计等方面借鉴了中国庙堂、民间年画特点，动作设

---

① 刘易斯·雅各布斯. 美国电影的兴起 [M]. 刘宗锟，等，译. 北京：中国电影出版社，1991：529.

计中融入了中国戏曲表演艺术完全表现出中国特有的传统民族艺术风格。1979年首部宽银幕故事影片《哪吒闹海》上映，色彩鲜艳、风格雅致，再现了中国动画的民族风格。1980年上映的《三个和尚》在继承传统艺术形式的基础上，故事结构和叙事形式则吸收了西方的表现手法。

图 2-6　《大闹天宫》(1964)，万籁鸣导演

传统手绘动画的周期长，成本也非常昂贵，并且赛璐珞片的逐层叠加也使画面清晰度受到限制。一部动画长片最短需要1小时10分钟。90英尺长的电影胶片可放映1分钟，至少需要6300英尺的胶片，所需图稿总数如表2-1所示。例如，《大闹天宫》时长120分钟，需要10万多张画面，工作量十分繁重。1965年，美国贝尔实验室研究出计算机动画的技术之后，世界各地的动画公司先后尝试使用计算机处理动画效果代替人工绘制的制作方法。迪士尼一直致力于对动画电影新技术的研究，而对计算机技术的驾驭能力则不断体现在后期的作品当中。迪士尼于1988年制作了《谁陷害了兔子罗杰》，第一次实现了真人与动画结合的形式。之后于1995年拍摄了三维动画影片《玩具总动员》，大获成功。于1997年拍摄花木兰时，仅使用了5张"士兵的手绘稿"，通过计算机技术复制出千军万马的战争场面，十分震撼。新技术的应用，不但拓宽了动画的创作风格、提高了画面的视觉表现力，并且引发了观众"剧场传统"的回归，动画电影在全新的数码时代展现了一派繁荣景象和美好前景。

表 2-1　一部动画影片需要的图稿总数[①]

类　　别	图稿数目	类　　别	图稿数目
创意草图	1 000	清稿师	345 600
故事草图	75 000	赛璐珞成片	460 800
布景	22 500	其他各项草图	2 517 200
动画设计师	576 000	其他杂项草图	2 000
中间帧设计师	1 036 800	图稿总数（约）	2 519 200

---

① 弗兰克·托马斯，奥利·约翰斯顿. 生命的幻象：迪士尼动画造型设计[M]. 方丽，等，译. 北京：中国青年出版社，2011：317.

2.1.4 动画剧本形式

动画电影剧本是以视觉性语言讲故事、塑造角色的剧本形式。动画电影剧本包括文学剧本和导演分镜头台本,其中文学剧本是故事产生的最初形式,同时又是电影制作过程的基本依据。

1. 电影剧本

悉德·菲尔德这样定义电影剧本,"一部电影剧本就像一个名词,指的是一个人或几个人,在一个地方或几个地方,去干他或她的事情。所有的电影剧本都贯彻执行这一基本前提。那个人就是剧本中的主人公,去干他或她的事情就是行为动作"。[1] 电影剧本从写法上看,有的文学性强,是一种"小说式"写法;有的则按场景的变化来分切段落,是一种"电影式"写法。但无论怎么写,都是有"镜头感",都便于化作视听语言,这是影视剧本写法上最基本的要求和共性了。电影中的分镜头剧本,也称分镜表,与动画电影中的分镜头台本(故事板)形式相同,当代很多实拍故事片依然采用这种方式。

分镜表画家、艺术指导 Maurice Zuberano 称分镜表为"电影的日记"(记录未来事件的日记),分镜表设计对于影片结构、舞台设计、镜头构图和段落组织等影片创作过程都非常重要。导演希区柯克(Hitchcock)十分热衷于绘画,并使用细致的分镜表图卡控制电影拍摄的流程以确保他的原始意念可以完整地被转化成影片(图 2-7)。爱森斯坦(Eisenstein)、费里尼(Fellini)和黑泽明(Kurosawa),他们都使用分镜表,或者能提供详尽的概念图。即使像史蒂芬·斯皮尔伯格(Steven Spielberg)和乔治·米勒(George Miller)等不具特殊绘画技能的导演,偶尔也会以"竹竿人"的方式,来说明一个特殊的构图或场面调度。[2]

2. 动画剧本

动画电影剧本的雏形与迪士尼早期的创作模式息息相关。在影片正式拍摄前将绘制的角色、场景、动作等草图贴在板上,通过各部门的共同讨论,最终以一整套图形故事板的形式确定各个制作环节,这种创作形式沿用至今。

剧本对整个故事进行描述,包括对场景发生的所有环境的描述(description),对在那些场景中发生的动作(action)的描述,还有角色的所有对白(dialogue)……但电视动画剧本应该是最后成品的完整蓝图。在动画电影制作中,会用数月的时间通过草图和铅笔稿校验(pencil tests)来完善那些小笑料。[3]《小熊维尼》和《忍者神龟》的编剧杰弗瑞·

---

[1] 悉德·菲尔德. 电影剧本写作基础[M]. 鲍玉珩,钟大丰,译. 北京:中国电影出版社,2002:8.
[2] 史蒂文·卡茨. 电影分镜概论:从意念到影像[M]. 井迎兆,译. 台北:五南图书出版公司,2006:37.
[3] 杰弗瑞·斯科特. 动画剧本创作与营销[M]. 王一夫,等,译. 北京:电子工业出版社,2005:3-4.

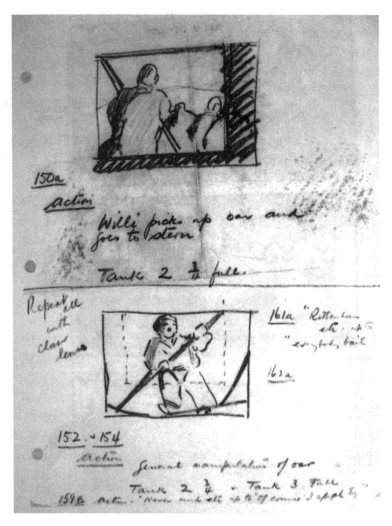

图 2-7　希区柯克为电影《救生艇》绘制的分镜表

斯科特认为，一旦剧本接近最终草稿（final draft），工作就要开始转到故事板（story board）。故事板是对剧本的一种视觉上的解释，由简单的小图组成，它展示剧本中的每个场景，并通过一些符号和连续的图画来表明动作和摄影机的运动。负责故事板制作的艺术家并不只是简单地把剧本转换成图画，他的工作更像是导演和编剧，要安排适当的场景，在需要的地方添加剧烈的摄影机运动和过场来改善故事的表达。[1] 图 2-8 展示了早期迪士尼在电影制作过程中对草图、故事板等创作环节进行讨论的情景。完成后的故事板是剧本的视觉转化形式，直接用来作为电影拍摄的参照。

并不是所有的动画电影都是先有剧本再有角色形象和动作。迪士尼早期作品体现了故事与角色并重的特点，动画角色同时在剧本的创作过程中孕育而生。沃尔特以叙述和

---

① 杰弗瑞·斯科特. 动画剧本创作与营销[M]. 王一夫, 等, 译. 北京: 电子工业出版社, 2005: 3-4.

图 2-8 早期迪士尼在电影制作过程中，对草图、故事板等创作环节进行讨论

表演的方式完成剧本创作，他与动画设计师们在探讨的过程中共同完成主题、情节、角色的设定。从"故事板"阶段开始，故事梗概被画出来并且贴到了墙上。对话的台词以及情节的段落，它们都被描绘在故事的梗概下面。"剧本"从这个喧闹的、争论的词汇和图片中出现了。[①] 这种创作方式从某种意义上说，沃尔特本人就是剧本本身。所有的故事场景、段落和角色表演，在故事的讲述过程中直接转化为可视的语言，通过不断调整得到最好的银幕效果。另外，这种创作形式需要在故事板设计阶段找出故事情境中的娱乐价值，编剧往往与动画设计师携手工作，相互刺激灵感的产生，以提升故事场景和角色的魅力，最后将故事中相关角色的情感以视觉化的方式表现出来。这种以"故事板"作为影片拍摄主要依据的创作方法被称为"没有剧本形式"的电影制作。

3. 剧本形式与导演风格

所谓"没有剧本形式"的电影制作，通常是指依靠创作者自身的灵感建构作品，这种创作方式更多体现个人风格和才华。杰弗瑞·斯科特和 Bill Hanna 为 MGM 制作《猫和老鼠》时，并没有剧本。而是先组织概念，然后让艺术家发挥，最后把创意串在一起做成动画。罗杰·阿勒斯（Roger Allers）这样认为，"……把文学剧本的文字直接变成可见的故事板。'基本上是把文字的东西变成可视的，然后看如何能够使它表演的充满感情而且找到隐藏在角色里面的幽默'"[②] 剧本只是一个推敲的基础"，在《我的剧本观》一文中，宫崎骏承认自己完全凭"感觉"创作，并强调了"感觉"的特殊意义。他说："很

---

①② 杰森·施瑞尔. 迪士尼动画电影剧本写作——从构思到最后完成的过程：诀窍与技巧 [J]. 鲍玉珩，钟大丰，译. 电影评介，2009（11）.

多人专注于剧本构思,我认为在动画创作领域里,不那样做才能更有效率地工作。将有限的时间更多地投入'构思稿'的绘制将会更有效率。即便是总结在一张纸上的备忘录,只要经过了深思熟虑,就会极其顺畅地催生出分镜头剧本来。如果感觉有些磕磕绊绊,或是不能一气呵成,那么一定是哪里隐藏着问题。靠得住的不是逻辑,而是感觉。"[①] 这种创作方式有其灵活性,但往往存在故事结构上的隐患,由于一味地追寻感觉,而导致作品结构失衡,甚至影响影片的整体走向。

在视觉艺术中如何诠释文学文本,这个问题具有泛美学的性质。它对于电影、电视、戏剧、歌剧、芭蕾、绘画和形式多样的艺术行为都具有现实意义。[②] 创意故事的最重要前提是要让观众保持真实感,作者的诠释才是吸引观众的因素。故事与角色始终是动画电影剧本创作的两大重要因素。剧本形式并不重要,如何表达角色与故事、主题之间的微妙关系才是剧作者需要思考的重点。

2.1.5 动画创作流程

技术的进步为动画制作形式和艺术风格探索拓宽了道路。无论从制作手段、表现形式还是从视觉效果、美学功能等方面,动画都可以划分为多种样式。制作流程可划分为动画前期与动画制作两部分,即总体规划、设计制作、拍摄与后期几个阶段。前期创作部门包括策划组、文学组、导演组、美术组,这些部门的工作包括创意、故事梗概、文学剧本、文字分镜头剧本、造型设计、场景设计、画面分镜头剧本、样片制作、摄影表、设计稿等。一部完整的动画电影,需要编剧、导演、美术设计、设计稿、原画、动画、绘景、摄影、剪辑、作曲、对白配音、录音等十几道工序。除创作部门之外,还包括制片部门,负责监制、制片组、项目策划组,这些部门负责题材论证、项目立项、确定制作周期、管理制作过程等工作。

在总体设计阶段,故事部门首先要确立故事。文学剧本创作完成后,依据文学剧本的结构绘制分镜头台本,将故事分解为片段,每一片段由系列场景组成,每一场景又可分为一系列镜头;在设计制作阶段,要确定分镜头台本的设计和绘制,同时确定动画角色的造型设计,根据角色设定各项标准,包括性格、动作设定,以及道具和场景的设计。

1. 文学剧本的创作与风格设计师

在编剧完成文学剧本之前的总体设计阶段,为了与影片的材料质感相呼应,并在设计与风格上使每一个故事都力求新颖,风格设计师通常要负责绘制出符合影片整体格

[①] 津坚信之.日本动画的力量:手塚治虫与宫崎骏的历史纵贯线[M].秦刚,赵峻,译.北京:社会科学文献出版社,2011:21-22.

[②] 娜杰日达·曼科夫斯卡娅.文本的视觉化[J].珞珈,译.世界电影,2011(6).

调的图画。这些图画具有统观全局的作用，令人置身于故事的假象空间，并能激发每个创作人员的灵感和想象力，增强影片的感受性。风格设计师要关注的不是影片的具体细节，而是要统观全局，创作出整部影片的形象化方式，从而使故事更鲜活、更吸引人。风格设计在某种程度上也能够提前规划并确保角色设计和场景设计的完整性。例如，在《小鹿斑比》的设计中，设计师黄齐耀（Tyrus Wong）为影片绘制了迷人的东方风格，如图 2-9 所示。

图 2-9　《小鹿斑比》，黄齐耀绘制，迪士尼

2. 动态分镜头检验剧本

故事分镜头台本与影片配乐相结合可以制作出动画前期阶段的动态分镜头，或称为故事动态预览，也称莱卡卷。动态分镜头由单幅的图像与对话或音乐等声音构成元素构成，用以展现作品的视觉效果与声音效果和影片节奏。当某一段动画制作完成后，就可以剪辑到动态分镜中替换静态图像，直到所有的动画制作完成。动态分镜头能较为准确地反映出影片长度，如果影片长度超出预期，或者动画节奏较缓慢，可以在正式制作前进行调整。如果测试时观众反映很难理解影片中的故事情节，就需要继续完善对话和相关提示信息。随着动画制作工作的展开，动态分镜头也会不断更新[①]。因此，动态分镜头通过展示节奏及各段落间的关系，可以检验出剧本存在的问题。即便在这个过程环节中，

[①] 莫琳·弗尼斯. 动画概论 [M]. 方丽，等，译. 北京：中国青年出版社，2009：53.

文字剧本仍需做故事结构上的调整和内容方面的更新。

2.1.6 动画剧本的特点

在剧本的两种形式中，文字剧本是故事产生的最初形式，也是电影制作过程的参考，分镜头台本则作为动画电影剧本的最终呈现形式，直接作为导演进行拍摄的依据。由于动画语言的特质与动画电影制作过程的特殊性，文字剧本在银幕画面的生成过程中通过视觉化的转变而产生新的语义，因此文字剧本的创作具有特殊性，其故事的产生和完形必然是一个经历多次探讨和反复修改的过程。《机器人瓦力》电影剧本片段与镜头画面如图 2-10 和图 2-11 所示。

```
ON WALLY

It's the closest he's ever been to Eve.
She remains focused on the lighter.
Wally stares up at her.
...The tiny flame flickering between them...
...The Hello Dolly video plays IOTAM in the background...
Suddenly, he is moved to express his love.
Musters the courage to open his fingers...
...Timidly reaches his hand out to hers...

-- Eve turns and looks at him.

Wally instantly chokes.
Pulls his hand back.
Eve becomes intrigued with the TV.
Scans the image of the lovers singing IOTAM...
Wally watches her.
His infatuation still palpable.
Then he remembers...
```

图 2-10 《机器人瓦力》电影剧本片段

序号	剧 本	画 面
1	It's the closest he's ever been to Eve.	
2	She remains focused on the lighter.	

图 2-11 《机器人瓦力》电影镜头画面

序号	剧 本	画 面
3	Wally stares up at her.	
4	The tiny flame flickering between them.	
5	The Hello Dolly video plays *IOTAM* in the background.	
6	Suddenly, he is moved to express his love.	
7	Musters the courage to open his fingers.	
8	Timidly reaches his hand out to hers.	

图 2-11(续)

第2章 | 动画电影剧本创作　25

序号	剧　　本	画　　面
9	Eve turns and looks at him.	
10	Wally instantly chokes.	
11	Pulls his hand back.	
12	Eve becomes intrigued with the TV.	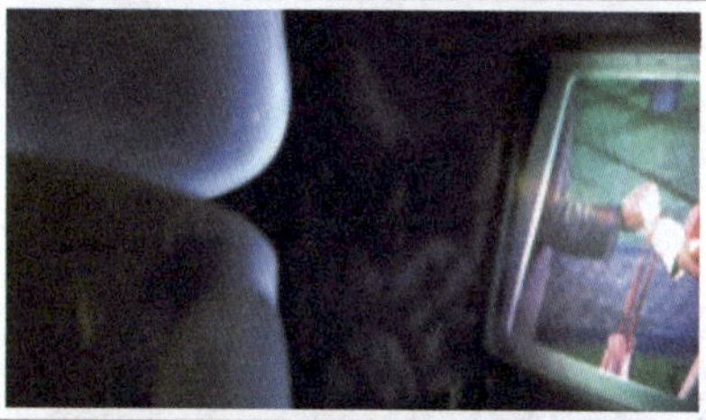
13	Scans the image of the lovers singing *IOTAM*.	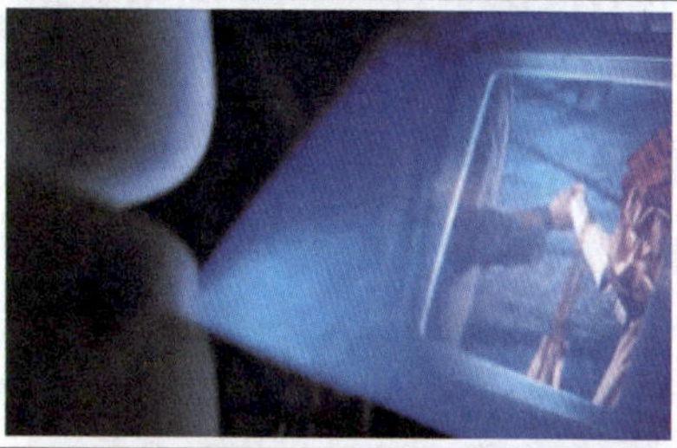
14	Wally watches her.	

图　2-11（续）

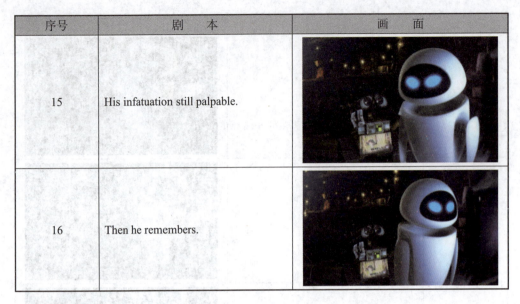

图 2-11（续）

1. 剧本创作过程——集体创造力的体现

迪士尼建立了完善的故事部门和运作机制，为后期商业电影尤其剧情动画长片的制作提供了参考模式。沃尔特让编剧和故事概念设计师携手工作，互相激发灵感。如果沃尔特感到故事明晰化或创意新颖独特，他会召集其他编剧提出不同的建议，这种创作方式，催生了独具创意的精彩故事。

迪士尼制作影片的基础是团队的努力，以不断讨论的方式取代了僵化的创作程序。沃尔特让每个与影片相关的人都意识到自己所做的工作是推动整体工作前进的一个因素，这意味着每个人都在参与贯穿整个制作过程的探索、尝试和评估工作。沃尔特认为，"理想的工作模式是编剧、导演、设计师以及音乐师作为一个整体协同工作。每个人都要对影片有极大的兴趣，任何人都不能专治于某一领域而使他人无法参与影片的制作过程中并自由发表自己的意见"。沃尔特所建立的是一个相对宽松的集体，在这个集体中，具有各类专项技能的人才按照不断变化的模式协同工作。人们以高度的奉献精神完成工作，很少因为受到指令而从事某项任务。沃尔特所需要的是最伟大的创造力而不是最高效的操作方式。①

在影片制作之初，最重要的是故事材料的组织建构工作。通常迪士尼工作室会根据故事情境选择编剧人员，当故事的娱乐价值体现出来之后，再确定导演。编剧了解了导演的才华之后，再按照导演的意向编排剧本。既然动画是一种媒介，就需要利用视觉形

---

① 弗兰克·托马斯，奥利·约翰斯顿.生命的幻象：迪士尼动画造型设计[M].方丽，等，译.北京：中国青年出版社，2011：185.

式而不是语言来展现故事构思、角色、事件、持续性以及相互关系。对于动画来说，这一点显得尤为重要。因此，分镜头应运而生。①

第一版钉在墙上的分镜头草图（图2-12）不是连续的动作情节，而是用来阐述故事构思的图画：角色分组、情景、故事发生地等，是故事视觉化的第一步。经过筛选，图画逐渐形成连续的故事，最终转化为一个可能出现在银幕上的清晰、真实的场景。经过修改，故事可能变得更加成熟完善，也可能以失败而告终，或者发现其太令人难以捉摸以致无法用静态图片体现出来。草图日复一日地被钉上、取下，这是一种相对灵活的工作方式。②然而这种方式带来了创意的灵感、生产中的控制手段以及成功的票房成绩。

图2-12 《狐狸与猎狗》，钉在墙上的故事分镜头草图，万斯·格里绘制，迪士尼

2. 剧本创作过程的进化性与灵活性

动画创作过程具有进化性，在创作"剧本—故事板—动画"的过程中，编剧往往需要针对环节上产生的问题进行剧本的改写，因而需要更多地参与动画制作过程。动画设计师会根据对角色和场景的理解描绘动画形象，并且能够有效控制分镜头的画面效果。图2-13示意了《风之谷》分镜头台本中的两个镜头画面。如果动画设计师觉得剧本不适合动画设计的要求或者动画的场面不足，就会提出自己的见解和要求。在这种情况下，修改是必然的。任何动画在制作完成前都要经历各种过程，结果就形成了不同类

---

①② 弗兰克·托马斯，奥利·约翰斯顿.生命的幻象：迪士尼动画造型设计 [M].方丽，等.译.北京：中国青年出版社，2011：195.

型的写作模式。迪士尼动画制作总监戴夫·汉德说:"在故事编排阶段,我们都会考虑(可能是下意识的)动画设计师的问题。我们认为这是制作高质量动画最为关键的一个因素。"① 动画设计师在创作过程中需要不断验证新的设想是否能够成功,因此在整个工作中,工作职责总是会产生互换和微妙的变化,直到这一系列工作的组合最终形成被认可的作品。剧作者有时甚至需要根据声音演员的表演特征来改写剧本。动画电影有时借鉴声音演员塑造角色的表演赋予角色个性,增强娱乐效果。剧作者有时甚至需要根据声音演员的表演特征来改写剧本。

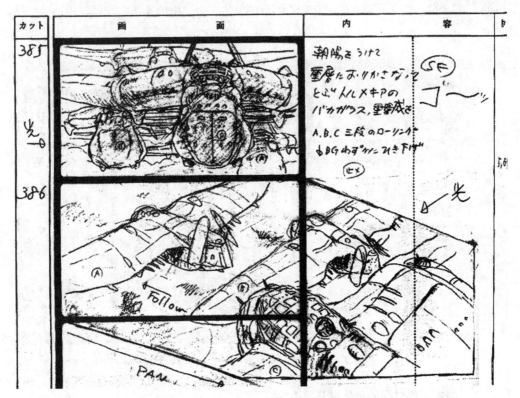

图 2-13 《风之谷》分镜头台本(局部)②,镜头运动示意,1984年,宫崎骏

剧本的调整会造成分镜头的大幅调整,因此,编剧始终需要参与各个设计环节,根据创作中产生的具体问题,与各部门共同研究解决方案,再反过来修改剧本的相应环节,这个过程非常灵活,如图 2-14 所示。

编剧必须具有足够的耐心,在确定故事的方向前确定很多东西。《救难小英雄》的编剧拉里·克莱蒙斯十分擅长表现角色对话的感受性和娱乐性。万斯·格里负责故事创

---

① 弗兰克·托马斯,奥利·约翰斯顿. 生命的幻象: 迪士尼动画造型设计 [M]. 方丽, 等, 译. 北京: 中国青年出版社, 2011: 186.
② 宫崎骏. 風の谷のナウシカ(スタジオジブリ絵コンテ全集)[M]. 徳間書店スタジオジブリ事業本部, 2001: 29.

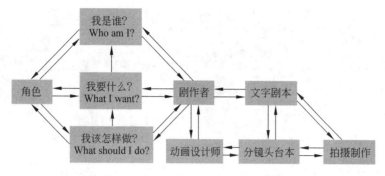

图 2-14　角色塑造与动画电影剧本创作流程

作以及绘制故事草图的工作。他的工作方式是，以拉里的剧本作为参考和基础，但在依据情节绘制草图时，则把剧本放在一边。万斯根据各种处理角色以及营造整体气氛的方法绘出草图，其中包括塑造人物的附加动作、手势和能够通过动画效果表达的各种动作。针对故事中的具体问题，万斯提出建议，接下来，拉里会重写剧本，然后万斯根据剧本重新绘制草图。最后，剧本与草图一点点结合起来。例如，《救难小英雄》中小女孩"佩妮"的入场部分的场景设计（图 2-15 和图 2-16），就是由编剧和动画设计师一同完成的。"佩妮"是个孤儿，她很希望有人能领养她。观众对"佩妮"的爱怜是整部影片的核心，为了让观众在最短的时间内最深刻地了解这个角色以及她内心的感觉，万斯和拉里共同设计了另外一种表达方式，用更少的动作和精简的对话表现出这个令人揪心的情形。万斯建议把"佩妮"的床放在孤儿院的一个大屋子的角落里，她独自坐在床边上流眼泪。老猫"鲁夫斯"发现了，便走过去看望"佩妮"。拉里设计了"佩妮"和老猫"鲁夫斯"的几句对白。"鲁夫斯"想要知道"佩妮"到底发生了什么事。"佩妮"回答："他们看到了我，但是他们选择了那个红头发的女孩——她比我漂亮。"[①] 以上的情节设计仅用简短的台词和草图，就可以表现出孤儿院里的"佩妮"坐在床边上，孤零零一个人的样子。动画设计师认为，用"佩妮"的后视图作为第一个场景最合适，画面也具有冲击力。另外，猫的面部更容易塑造，万斯在"鲁夫斯"身上加入了很强烈的表情设计（图 2-17），它的反应所表达出来的内容远远超过了"佩妮"的表情所能达到的效果，"鲁夫斯"为了不让自己过于激动而强忍着泪水，同时它的下巴却在颤动。当"佩妮"最后转过头时，镜头前的小脸颊上挂着一颗泪珠。《救难小英雄》中这段关于小女孩"佩妮"的出场设计，并没有模仿真人电影的表演，而是通过场景设计、角色动作设计恰到好处地表现了场面气氛和角色情感，其精练的语言和画面使观众油然产生怜悯之心。

---

① 弗兰克·托马斯，奥利·约翰斯顿. 生命的幻象：迪士尼动画造型设计 [M]. 方丽，等，译. 北京：中国青年出版社，2011：389.

图 2-15 《救难小英雄》场景设计,迪士尼

图 2-16 《救难小英雄》开场设计,迪士尼

图 2-17 《救难小英雄》老猫鲁夫斯的表情设计,迪士尼

  动画要以剧本创作为基础,通过其他艺术家的创作参与来完成。在动画生成的过程中,动画设计师将剧本戏剧化地表现出来,并加入自己的理解。编剧与动画设计师合作的工作模式仍广为应用于当下的动画电影创制过程中。1995 年,由 PIXAR 公司制作完成的《玩具总动员》成为电影史上第一部获得奥斯卡最佳原创剧本提名的动画片。该片在确立了一系列故事情节和线索后,编剧迈克尔·阿恩特开始起草剧本,导演李昂克·里奇和动画设计师则同时开始故事板的绘制工作。这种工作模式体现了动画电影创作模式的进化性特点,正是在这个不断探讨和修改的过程中,分别从文本和设计两个方面去探寻能够感动观众、鼓舞观众的最佳设计组合,才能最好地运用动画语言去描绘和表现场

景的真实感知力与视觉震撼力。①

3. 动画电影剧本的叙事特点

剧本作者可灵活地借鉴传统电影剧本的写作方法，并适当参照类型片的写作模式进行创作。例如，创作传统故事时，需要考虑故事发生的时间（时间跨度、历史背景及影响）、故事发生的地点（地理位置及影响）、核心角色（对剧情及戏剧性冲突的决定性作用）这几个基本元素。这些基本元素能够界定故事的内容和参量，并锁定故事的记叙范围。商业动画电影通常以娱乐为主要目的，并衍生出故事中的动画角色开发为商品，以实现商业的成功。动画电影故事的种类繁多，包括滑稽的、感人深思的、启发式的、令人获得体验的，等等，然而大多数故事的本质特征是幽默搞笑的。"讲故事"与"叙事"的差异导致了信息传达的强弱变化，故事的特别之处在于艺术家独特的叙事方式和信息传递手段。②

哈拉斯和伯特勒动画公司成功制作出英国最早的一部标准长度的动画电影《动物农场》。1949 年，哈拉斯总结出动画的基本特征：物体与人物的象征、显示无形的东西、透视、夸张和变形、展示过去和预示未来、控制时间与速度。③ 而动画语言的特殊性又决定了动画具有以图像为主要传达手段的特殊表达方法。图像的叙事功能与画面产生象征性关联，因此作品的主要发散力来自想象力与洞察力。对剧作者来说，除了源自生活中的经历和感悟，还需理解和掌握剧本一般创作规律。

动画电影是一个纯粹、充满夸张和无限想象力的视觉媒介形式。动画剧本的创作体现了传统剧本所遵循的"展示而不要讲述"的规则，即"演出来，别讲出来"。这永远是一句经典的格言。即使目前更多地使用文字剧本，但无论如何，"剧作家需要写出视觉的感觉……而不要把那些镜头不能看到的东西写到纸上"。④

动画语言将意识和概念形象化，展示出虚幻、超现实的世界。虽然动画使用不同的叙事方式，但故事情节结构的设计仍是创作的重点。即使动画故事是魔幻的或者超现实的，但创作内容是规范的，只有符合逻辑才能得到观众的理解，并产生精神和情感的共鸣，这是动画创作的基本原则。动画叙事语言的差异直接影响剧本的创作思维，如何在故事创作中塑造角色，如何使用"镜头语言"揭示故事主题，怎样利用角色的行为和表演帮助观众理解、领悟故事的主题，始终是动画剧作者需要时刻考虑的问题。

---

① 保罗·韦尔斯. 剧本创作 [M]. 贾茗葳，马静，译. 大连：大连理工大学出版社，2009：206.
② 莫琳·弗尼斯. 动画概论 [M]. 方丽，等，译. 北京：中国青年出版社，2009：28.
③ 保罗·韦尔斯. 剧本创作 [M]. 贾茗葳，马静，译. 大连：大连理工大学出版社，2009：16.
④ 杰森·施瑞尔. 迪士尼动画电影剧本写作——从构思到最后完成的过程：诀窍与技巧 [J]. 鲍玉珩，钟大丰，译. 电影评介，2009（11）.

2.2 题材

故事题材立意的选择是首先要考虑的问题，这不仅关系到个人的艺术创作，同时还关系到市场和商业需求。E.M. 福斯特在《小说面面观》中表示，"一个人选择了一个有价值的题材，并将这个题材本身的以及与其有关的主要知识统统掌握起来，这个人便是出类拔萃了。到那时，他便可以随心所欲"。[1] 如同小说的题材创作，好的题材同样使影片出类拔萃。题材创意的过程是一个对社会生活从自发到自觉的认知过程，与剧作者的艺术素养、生活积累以及对于商业市场的敏感度有关。

动画电影的题材立意不但要有"童话"般的表现力，更重要的是创新点。1994 年迪士尼创作的《狮子王》获得了动画电影史上的突破性成功，不但让观众重新认识了动画电影的魅力，也对传统动画题材的改编提出了新的挑战。影片巧妙地将《哈姆雷特》置入广袤的非洲大草原，在原著深厚的人文内涵上全视角多层次地诠释了爱、成长、救赎等具有深远意义的主题。用"小辛巴"与父亲朋友家族间丰富而深厚的情感，对生命中应该负起的责任进行了深刻而完美的演绎。

动画艺术要进一步发展，必须突破题材创意的瓶颈，让故事呈现多样性的发展趋势。PIXAR 十分擅长塑造角色，利用角色间鲜活细腻的情感变化推进故事情节的发展。早期迪士尼以改编世界各国的经典童话为动画电影的主要题材。迪士尼动画从来都是"王子公主""城堡骑士""精灵怪兽"的梦幻天堂，例如《白雪公主和七个小矮人》《小美人鱼》《仙履奇缘》《睡美人》《美女与野兽》等剧本的改编。从 1995 年的《玩具总动员》开始，PIXAR 试图开拓更多原创性动画题材，以突破创新瓶颈。在《玩具总动员》中，影片赋予所有的玩具角色生命和个性，他们向观众展现了一个似曾相识又陌生新奇的玩具世界。PIXAR 对于玩具之间以及玩具们与小主人之间情感的细致刻画，真纯，质朴又不乏浪漫，通过这些新的符号——原本没有生命的角色，以现代人更加能够接受和理解的方式，开启了一种全新样式的童话，使故事主题也更加贴近当今社会的生活。《汽车总动员》在题材立意方面并没有着意表现速度和赛车场面，而是倾向于描写"闪电麦奎恩"与朋友们在一起的温情与快乐。导演约翰·拉斯特的创作初衷起源于在古老的 66 号公路上与家人一起旅行时的情感收获。在这条代表美国传统文化的漫漫长路上，新旧两种生活模式和文化价值观产生了碰撞。由此产生的细水长流的脉脉温情正是影片创作的主题。生活在快节奏的时代，人们逐渐缺失的正是这些朴素的情感。麦奎恩重回这条被人遗忘的公路，在朋友们的帮助下找回自己真正想赢取的一场人生赛事。

---

[1] E.M. 福斯特. 小说面面观 [M]. 广州：花城出版社，1987.

《怪物史莱克》则对经典童话进行了颠覆性重构，打造了怪物与公主的新爱情故事。公主不再是待嫁闺中的柔弱女子，而是身怀武功、敢爱敢恨，为了爱情而拒绝变回美丽容貌的新人类；怪物则懒散自闭，生活无趣。公主的出现，拯救了这个相貌丑陋的绿色"王子"。题材提炼对剧作者的素养和观察力都提出极高的要求，最重要的是，在信息过量的消费时代，要满足观众不断提高的审美需求，新题材应避免审美疲劳。要让故事的创作跳出原有的思维惯性，避免对动画特性的单一化理解，挖掘那些既具时代性又可以体现丰富内涵的题材作为剧本创作的前提。

2.3 主题

"主题是故事永久存在的关键"，但并不是所有的故事都有绚丽的史诗般强大的主题。《狮子王》借助哈姆雷特的故事，把"坏人"刀疤变为"木法沙"的弟弟，将这些融合起来，"使故事情节能够超越国王的家庭事件，带来一种对于中心冲突的更为深刻的回响。"[1] 然而这个具有神话结构和史诗一般神圣感的故事，却围绕着"责任——你在家庭中该负起怎样的责任"这样一个朴素的主题展开情节。主题赋予故事以强大的意义，往往贯穿主要角色并隐藏于整个叙事框架中。主题将故事与角色紧密地联合在一起，随着故事情节的不断推展，主题逐渐清晰，并通过角色塑造传达给观众。

宫崎骏动画电影的主题创作偏重于传达给观众的"感受性"。"制作《龙猫》的时候，很多人给了我们'将人类与自然的主题刻画得非常美妙'的高度评价。可我们想的是，'制作的时候，我们真的考虑过这个吗？'我们确实想了'孩子还是应该在大自然里玩耍'或者'龙猫是森林里的精灵'这些东西，但是，我们完全没有把它提升到别的高度。""没人会因为寓意看电影。"[2] 吉卜力每一个动画故事的主题全部通过这些角色细腻的表演一步一步走近观众，与这些近距离动作的感受性有着很大关系。

2.4 情节

2.4.1 故事与情节

1. 故事

故事是什么？故事是主角在追求他的目标时，发生在他身上的所有重要事件的演进

---

[1] 杰森·施瑞尔. 迪士尼动画电影剧本写作——从构思到最后完成的过程：诀窍与技巧 [J]. 鲍玉珩，钟大丰，译. 电影评介，2009（11）.
[2] 吉卜力工作室. 作品制造法——动画制作人铃木敏夫长篇访谈 [J]. 刘浩，译. 文化月刊（动漫·游戏），2011（2）：116-117.

(the essential progression of incidents)。正如亚里士多德所说的,重要的是发生在主角身上的事……而不是作者身上的事。剧本写作是一个以逻辑为基础的工作。它包括以下几个经常运用到的基本问题。

(1) 主角是什么?(what)

(2) 是什么在阻碍他获得这些需要的满足?(what)

(3) 如果他没得到这些需要,他会发生什么事?(what)[1]

事件的演进过程,包括"内容"与"时间"两个概念。故事情节的戏剧性冲突决定了事件的悬念性,在很大程度上决定了故事的艺术魅力。

2. 叙事原则与悬念

悬念的设置成为连接叙事情节片段的手段。而情节中每一个事件、角色以及其他相关叙事成分的设计必须符合逻辑,否则将与叙事的线性发展和统一背道而驰。不合理的情节漏洞也会转移观众的注意力,引起质疑。克莉丝汀·汤普森认为,好莱坞电影缺少艺术电影那样引人入胜或者自命不凡的歧义与象征。然而主流美国电影之所以享有不衰的国际声誉的最基本因素之一是:好莱坞电影允许编剧、导演和其他创作者去编织似乎显而易见的人物、事物和时空的复杂网络。不动声色地使用技巧手法……包括许多风格化因素,诸如镜头剪辑和摄影机运动原则等。而在故事讲述的原则方面,好莱坞偏爱统一的叙事,这种叙事基本上意味着在电影的完整线索里,一个原因必须导致一个结果,而这个结果又会变为另一个结果的原因。[2] 经典好莱坞的叙事原则为进展、清晰、统一的叙事,这种追求结构清晰的准则同时也被广泛应用于动画电影的叙事中。造成故事情节的清晰和向前推动的其中一个因素就是"悬念"。

悬念造成期待,是创作一个精彩故事的关键所在。动画电影中,观众更多关注的是角色和情节的演进。观众之所以对你的戏有兴趣,是因为你能让他们心中产生欲望,想知道接下来会发生什么事。[3] 尤其在重情节的剧情片中,制造悬念是使情节入胜,维持观众兴趣,构成戏剧性冲突的重要技巧。根据戏剧性事件发生的时间先后将悬念分为未来式悬念和过去式悬念。未来式悬念体现在对即将发生的事件的期待以及对角色命运的关注,即让观众知情而制造悬念,而不是仅仅制造"惊奇",某些信息和行动直到影片的结尾才出现结果或得以解决。《里约大冒险》从众鹦鹉五彩缤纷的飞翔之舞表演为开场段落。开场3分钟内,不会飞的蓝色金刚小鹦鹉"布鲁"(Blu Gunderson),在危险的贩鸟集团的抓捕场面中摔下大树。"布鲁"的命运立即成为一个悬念——"不会飞的鸟怎

---

[1] 大卫·马梅.导演功课[M].曾伟祯,译.桂林:广西师范大学出版社,2003:11.

[2] 克莉丝汀·汤普森.好莱坞怎样讲故事:新好莱坞叙事技巧探索[M].李燕,李慧,译.北京:新星出版社,2009:11.

[3] 大卫·马梅.导演功课[M].曾伟祯,译.桂林:广西师范大学出版社,2003:75.

样生存？"过去式悬念则把已经发生的事件结果摆在观众面前，让事件的谜底作为悬念贯穿全剧，《里约大冒险》中，"图里奥"邀请"琳达"共进晚餐的时候，"布鲁"和"珠儿"被混入实验室的白鹦鹉"奈杰"抓走。这时，观众的期待点在于迫切揭开事件的谜底——"谁在幕后操作？""被劫持的这一对鹦鹉去哪里了？"另外，影片提前交代了"布鲁"是蓝色金刚鹦鹉中唯一幸存的雄鸟，因此，"'布鲁'能学会飞吗？""'布鲁'如何获得'珠儿'的爱情？"作为故事成立的总悬念，即主要冲突中贯穿影片戏剧性结构的情绪支点。

3. 角色动机与情节线

故事中，情节的相互联系形成因果关系，即情节线。动画系列片由于内容含量大，通常采用一连串各自独立又相互关联的事件构成主情节线与多条副线，甚至用单一（或一组）主要角色本身或者相同的故事主题作为主情节线。根据系列片每一集里的完整故事，又可以单独设置主线和副线，不需要贯穿全片。而影院片和短片通常使用一条主线和几条副线。

角色的行为动机基于角色的性格，类型片为大部分角色设置了既有的、明确的性格特征。内在性格与外在行为动机具有一致性，故事情节线的设置往往与角色性格与行为动机相联系。克莉丝汀·汤普森认为，"在绝大多数的影片里，人物一出现，甚至在我们看到他们之前，就已经被安上了一系列明确的性格特征，而我们对其性格的第一印象将贯穿整个电影。也就是说人物行动是连贯一致的。角色的欲望，是故事发展的推动力。设置双层情节线索是好莱坞电影的又一特色。恋爱事件在多数好莱坞电影里都处于中心地位，因此一个情节线索围绕这一问题，另一线索围绕主角的目标，这两个目标经常自然而然地联结在一起"。

好莱坞动画电影同样如此，故事的笔墨重点依然是塑造性格丰富的人物并确保其情节发展的因果统一。影片的主人公往往为了满足内心渴求的欲望，主动寻找并追求这些目标，并为了实现目标而触发因果性的行为。[①] 大部分动画电影的主人公会在影片开场时阐明自己的目标，这些行为具有导向性，使故事情节具有推动力。例如，《兰戈》中的沙漠牛仔"兰戈"、《里约大冒险》中不会飞的金刚鹦鹉"布鲁"、《穿靴子的猫》中聪明的"靴猫"，这些主要角色几乎顺承了典型的"青蛙变王子"的既定情节模式：对自己的质疑→试图找回自己的身份→加倍努力，勇敢追寻→智人相助，得真知得力量→殊死一搏，破茧而出→拯救世界，拯救人类→抛弃平凡的自己，做英雄，得爱情得天下。动画片以铺设双层情节线为主，一条主线和一条副线（或几条平行副线）。

[①] 克莉丝汀·汤普森. 好莱坞怎样讲故事：新好莱坞叙事技巧探索 [M]. 李燕, 李慧, 译. 北京：新星出版社, 2009: 13-14.

"兰戈"的第一个目标是"证明自己是谁"。由于无意中杀死天敌老鹰,"兰戈"被委任为小镇警长。在努力证明自己"不是个虚构的警长"的过程中,"兰戈"遇到了"Beans"。"获取芳心"成为他的第二个目标,"兰戈"开始在大漠上与众匪飙戏,展现了自己不凡的智慧与勇气,终于铁骑救美,打败恶人,为小镇居民找到了水源。"恋爱事件"处于故事的中心地位,"兰戈"既想获得爱情又要证明自己的能力。这两个目标并不是冲突的,因而围绕着终极目标的两条情节线自然而然地交织在一起,共同推进剧情的发展。

2.4.2 故事与动画类型

与其他文学作品相比较,动画电影故事从本质上来说是"欢乐的故事",即始终本着以"制造欢乐"为目的,以"欢乐的形式"进行叙事,因此在信息传达与叙事方式上具有明显的差异。动画电影的娱乐性决定了多数故事仍然呈现出幽默搞笑的本质特征。

动画故事的特别之处在于艺术家独特的叙事方式,叙事差异导致了信息传达的强弱和变化,另外,叙事差异也造成动画类型的不同。动画故事的创作与动画类型特征有关系,要确定创作何种类型的故事,需要对动画类型有所了解。

杰弗瑞·斯科特把动画从发布类型、观众、动画媒体类型、动画风格4个角度划分为以下几类。

(1)从发布类型划分包括以下4类:

◆ 电影;
◆ 电视;
◆ 直接出录像带(《小脚板走天涯》*Land Before Time* Ⅱ,Ⅲ);
◆ 网络。

(2)从观众角度划分,包括以下3类:

◆ 成人(《辛普森一家》*The Simpsons*、《攻壳机动队》*Ghost in the Shell*);
◆ 儿童(《人猿泰山》*Tarzan*、《钢铁巨人》*The Iron Giant*);
◆ 学前教育(《龙之传说》*Dragon Tales*)。

(3)从动画媒体类型划分,包括以下4类:

◆ 2D(《小美人鱼》*Little Mermaid*);
◆ 3D(《变形金刚》*Beast Wars*、《怪物史莱克》*Shrek*);
◆ 黏土(《超级无敌掌门狗》*Wallace & Grommet*);
◆ 折纸(《南方公园》*South Park*——最初用纸制作,后来使用计算机制作,保留了折纸风格)。

（4）从动画风格划分，包括以下 11 类：
- 动作冒险类（《蝙蝠侠》Batman）；
- 动作漫画类（《忍者神龟》Teenage Mutant Ninja Turtles）；
- 科幻动作类（《龙珠 Z》Dragonball Z）；
- 喜剧类（《道格》Doug）；
- 戏剧类（《埃及王子》Prince of Egypt）；
- 教育类（《探险家杜拉》Dora the Explorer）；
- 音乐类（《小美人鱼》The Little Mermaid、《美女与野兽》Beauty and the Beast）；
- 学前类（《阿蓝探案》Blue's Clues）；
- 科幻类（《魔晶战士》Starchaser: The Legend of Orin）；
- 连续剧类（《PJ 一家》The PJ's）；
- 闹剧类（《猫狗》Catdog）[1]。

动画类型的不同特征影响剧本创作的思路，但无论何种类型，动画故事的"欢乐"本质是不变的。

2.4.3 情节模式

在动画剧本中，时间、地点、人物这些基本元素，同时也会受到其他因素的影响，包括与故事类型相关的规范和法则、主要情节的既定准则、故事写作的随意性和不确定性、动画特有的写作技巧。其中，关于情节的既定准则是指"类型片的情节模式"，动画剧情片、类型片的结构和情节模式是客观存在的。罗伯特·麦基认为，这些主要情节包括以下 6 个方面：

（1）成长（成长故事中的成年礼）；
（2）改过自新（主角幡然悔悟，由"坏"变"好"）；
（3）正面人物转变成反面人物并受到惩罚；
（4）考验（意志力与诱惑/妥协的故事）；
（5）教育（深刻反思消极的人生观，变得积极）；
（6）幻灭（世界观由积极转变成消极）。

1. 情节模式的归纳与演绎

罗纳德·托比亚斯在《20 个基本故事情节》中总结了 20 种电影中的经典情节，可以作为故事发展脉络的参考。分别是：寻宝、冒险、追求、拯救、脱逃、对抗、迷茫、复仇、弱者、诱惑、变形、转化、成长、爱情、错爱、牺牲、发现、纵欲、神化、决定。一个

---

[1] 杰弗瑞·斯科特. 动画剧本创作与营销 [M]. 王一夫，等，译. 北京：电子工业出版社，2005：6-7.

故事通常包含多种情节元素。例如,《埃及王子》→对抗、《狮子王》→成长与复仇、《小鸡快跑》→脱逃、《玩具总动员》→转化、《怪物史莱克》→爱情、《千与千寻》→成长、《海底总动员》→历险、《机器人瓦力》→爱情与历险等。在类型片中,观众往往能够预知故事发展的大致过程,却甘愿为相同类型的故事情境或喜或悲,抛洒热泪。剧作者仅需要在此基础上创作出既符合逻辑又超乎观众想象力的故事,制造重复的快感,以满足观众生理、心理上的享受。

20世纪初法国戏剧家乔治·普罗第归纳了"三十六种模式",包括求告、援救、复仇、骨肉间的报复、逋逃、灾祸、不幸、革命、壮举、绑劫、释谜、取求、无意中恋爱的罪恶、为了主义而牺牲自己、野心、人和神的斗争、错误的判断、悔恨、骨肉重逢等。这些情节模式是对叙事元素规律的总结,并非全部概括了戏剧和电影的情节模式。其中也不可避免产生交叉存在,例如,以"寻找"和"历险"为母题的《海底总动员》,在"三十六种模式"中,则属于"骨肉重逢"的戏剧套路。小丑鱼爸爸"马林",历尽艰险,终于找到失散的儿子"尼莫",父子团聚。在这个宣扬亲情的故事里,爸爸"马林"在寻找"尼莫"的历险中终于理解了儿子,而"尼莫"也在这段经历中逐渐成长起来。影片的故事比较简单,只是在故事中制造了紧张而有趣味的情节段落使主题丰富。

我们从人类的黎明开始就这样或那样互相讲述的本质上都是同一个故事,这个故事可以不无裨益地称为求索故事。所有的故事都表现为一个求索的形式:一个事件打破一个人物生活的平衡,使之或变好或变坏,在他内心激发起一个自觉或不自觉的欲望,意欲恢复平衡,于是这一事件就把他送上了一条追寻欲望对象的求索之路,一路上他必须与各种(内心的、个人的、外界的)对抗力量相抗衡,他也许能也许不能实现欲望,这便是故事的要义。也就是说,故事的基本模式不过是平衡—不平衡—平衡(正面或负面),循环往复。①

有声电影诞生后,在大制片厂运作模式下,好莱坞类型片日渐成熟。类型片的故事情节是模式化的,"如西部片里的铁骑劫美,英雄解围;强盗片里的抢劫成功,终落法网;科幻片里的怪物出世,为害一时;歌舞片里的小人物,终于成名,等等。"② 类型片,其人物也是类型化的人物,不乏除暴安良的西部牛仔、至死不屈的铁血硬汉、英勇神武的神枪手、仇视人类的科学家等。类型片往往在既有模式架构的基础上,在影片细节方面做足文章,使新故事情节绝妙,别开生面。

2. 情节模式的改编

任何创作形式都离不开既成的范式,情节模式为故事创作与角色塑造提供了参考范

---

① 王乃华,李铁. 动画编剧 [M]. 北京: 清华大学出版社, 北京交通大学出版社, 2007: 108.
② 许南明. 电影艺术词典 [M]. 北京: 中国电影出版社, 1986: 97.

式和动作原型,而模式往往限制了创造力。在既定模式内除创作新鲜的动画故事和鲜活的角色外,还需在模式体系与逻辑关系内发挥创造力,以发展剧情和塑造角色为主,避免乏善可陈的情节罗列与动作设计。《美女与野兽》是对典型的"灰姑娘"模式的改编,不懂得爱与宽容的王子被仙女变为野兽住在被施了魔咒的古堡里,他必须设法赢得美丽公主"贝尔"的爱才能解除魔咒变回王子。在这个王子公主的故事里,"灰姑娘"的角色由王子替代,最后公主拯救了野兽(王子);同样,《怪物史莱克》中,心地善良、富有正义感的绿色怪物"史莱克"前往营救被暴君"法尔奎德"掠去的美丽公主"菲奥娜",他与追随者喋喋不休的驴子"唐基"搭档,一路过险关战火龙历尽千辛万苦,终于把公主解救出来。最终,"史莱克"赢得公主"菲奥娜"的爱情,"菲奥娜"选择了与"史莱克"一起生活而拒绝变回原来美丽的容貌。与变作野兽的王子一样,"史莱克"在英雄救美的过程中最大的收获就是"学会如何去爱"。

梦工厂出品的《功夫熊猫》(Kung Fu Panda)是一部关于少年英侠的成长故事。《功夫熊猫 2》编剧为乔纳森·阿贝尔与格伦·伯杰。第一部讲述了熊猫"阿宝"如何成为"神龙大侠"的故事。在第二部中,"阿宝"跟随师父与"盖世五侠"一起保护和平谷,过着平静的生活。然而好景不长,"沈王爷"设计了无人能挡的火炮,扬言一举毁灭功夫。"阿宝"在"羊仙姑"的指引下,回首过去并揭开自己的身世之谜,最终战胜了"沈王爷"。《功夫熊猫 2》故事结构紧凑、剧情丰富感人,从平静快乐的和平谷过渡到宫门城的战斗场景,将好莱坞风格与中国元素融合得近乎完美。

米歇尔·希农认为,"叙述方式是决定作品成败的关键"。《功夫熊猫》的故事借鉴了典型的中国武侠片叙事结构和情节模式,第一部采用"拜师""练武""复出""得宝"这四个场面完成了整个故事的情境铺设,把主人翁"阿宝"的角色性格塑造得很完整。第二部则把"阿宝"提升到了更高的层次,使角色逐渐丰满并为后续故事情节的顺利发展铺设伏笔。丁永强曾列举了武侠小说的 15 种"核心场面",可用来阐述武侠片的情节模式。分别为①仇杀:以武相争,正不胜邪;②流亡:武逊一筹,孤雏余生;③拜师:异人相救,授以武功;④练武:艰辛困苦,锻炼武功;⑤复出:武功初成,游侠江湖;⑥艳遇:武艺超卓,侠女倾心;⑦遇挫:武技未熟,遭尝败迹;⑧再次拜师:再磨武技,更上层楼;⑨情变:情海生波,侠士心伤;⑩受伤:武逢强敌,侠士铩羽;⑪疗伤:得逢奇遇,疗伤复武;⑫得宝:因缘巧合,获窥武典;⑬扫清帮凶:大展武威,肃清次敌;⑭大功告成:武决高下,一了恩仇;⑮归隐:看破世情,偃武归田。[①]

《功夫熊猫》第一部仅使用了其中四个场面就给了熊猫"阿宝"一个江湖人生。这四个场面分别是拜师:"龟仙人"点石成金、浣熊师父授以武功;练武:师父苦心栽培、

---

① 林保淳.武林秘籍:武侠小说"情节模式"论之一 [J]. 西南师范大学学报(人文社会科学版),2006(1).

"盖世五侠"友情相助；复出：出手江湖，打败雪豹"太郎"；得宝：命运使然，获窥武典"神龙秘籍"。设置"武林秘籍"是武侠模式惯用的手段，用争夺"秘籍"作为第一部的故事主线，既合理压缩了"阿宝"练就武功的时间，又给了他和雪豹"太郎"之间的"定命论"一个说法。同为"获得""秘籍"而战，一个被打造成英雄，另一个则变为命运的牺牲品。①

《功夫熊猫 2》的情节模式设计与《功夫熊猫》如出一辙，故事以倒叙和插叙的手法再现了仇杀：白孔雀"沈少爷"带领天狼卫队将熊猫家族"斩尽杀绝"；流亡：鸭子爸爸收养熊猫"阿宝"。这两个场面的补充，使上下两部电影的情节连贯起来，成为一个结构较完整的故事。最典型的是，第二部采用了武侠片中"绝处逢生"的模式。这个模式表现在其中的两个场面，分别是：受伤：武逢强敌，"阿宝"被"沈王爷"的火炮打落水中；疗伤：得逢奇遇，"羊仙姑"出手搭救，疗伤复武。其中，借用"羊仙姑"为"阿宝"疗伤一场的对话，解开"我是谁？我从哪里来？"的谜底，是一个非常自然的转场过渡。②

这里结合了好莱坞惯用的"英雄归来式"三段故事架构——其中高潮部分来临之前"英雄必将得到一个奖励"的写作手法。这个奖励就是，"阿宝"不但解除了魂牵梦绕的困惑，并且知道"打败恶人'沈王爷'是自己的终极使命"。尼尔森曾说："'阿宝'在追溯他的过去的时候发现，他的出身竟然和大反派'沈王爷'息息相关，而且这位孔雀天王对'阿宝'的挑战并不是出于偶然，而是命运的作弄，这也是功夫片的重要主题，当'阿宝'终于知道他到底是谁的时候，才能面对'沈王爷'和他手下的挑战。"这样的构思，既忠实于中国武侠片传统，同时也保留了好莱坞故事的写作方法。熊猫"阿宝"带着这个"奖励"走向最后的战场——武侠片中最精彩的生死对决场面——大功告成："阿宝"与"沈王爷"武决高下"一剑了恩仇"。

2.5　结构

结构的实质是一种叙事框架。不同的创作者可以从任何一个角度开始构思故事。"一个好的剧本会使观众老老实实地待在自己的椅子上看电影。"故事创作不仅来源于一个好的想法，更重要的是如何将这种想法转换成叙述，如何讲故事是动画电影剧本创作的

---

① 第一部，第二场，翡翠宫，师父：可找谁呢？该把这蕴藏无限神功的秘籍托付给谁呢？谁有资格成为神龙大侠？；第十六场，决斗，师父：你命中注定不是神龙大侠！这不是我的错。太郎：不是你的错？是谁让我满脑子梦想？！是谁逼我练功练到骨头都断了？！是谁决定了我的命运？！师父：这不是我能决定的！

② Soothsayer："Your story may not have such a happy beginning. But that does not make you who you are. It is the rest of your story. Who you choose to be; So who are you Panda?" Po："I am Po."

关键问题。"所有的故事都有这样一个结构，它包括开端、结局，以及一系列事件将他们紧密地联系在一起。无论是以文字、电影还是漫画的形式出现，故事的'骨架'是一样的。叙述的风格和方式或许受到媒质的影响，但其故事本身的结构不变。故事结构可以图解为几部分（图 2-18），它们分别是在故事开端与结局之间的不同模式变化。故事结构对于有效控制故事叙述有着重要的主导作用。"①

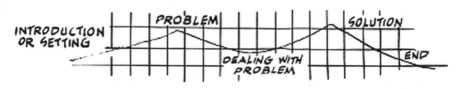

图 2-18　故事结构：背景设置→提出问题→处理问题→解决问题→结局

故事结构有几种模式归纳。夏衍先生认为："中国人写文章讲究起、承、转、合，写电影剧本也要注意这个问题。起——故事的起点、开始；承——承接上面的开端而予以发展；转——峰回路转的转，转折、转化，也就是矛盾、冲突、斗争等；合——结尾，也就是中国戏里的所谓'团圆'。"② 剧作结构的划分，既可以用开端、发展、高潮、结局（起承转合）四段式，也可以用"头、身、尾"三段式。③ 悉德·菲尔德则将其划分为三幕式结构。

（1）第一幕，开端——建置（第 1~30 页）。

（2）第二幕，中端——对抗（第 30~90 页）。

（3）第三幕，结尾——结局（第 90~120 页）。

在众多动画电影中，最常见的是"英雄归来式"的三幕结构，这种叙事结构成为主流。通常，当英雄的故事开始时，情景就会使主人公离开舒适安全的家，走上充满着危险和不确定因素的征程。在这个新世界，英雄必须要克服一系列的不断加剧的危险、挑战和反面人物的力量来学到一些宝贵的经验，获得奖励。主人公必须逃脱险境或者打败敌人后才能够获得这种奖励。然后得以重返家园，永远改变了普通人的形象。④ 尤金·维尔在《影视编剧技巧》中提到，"首先，必须理解故事"，所有时代的大多数好莱坞电影

---

① Eisner Will, Graphic Storytelling, Tamarac: Poorhouse Press, 1995, 9.
　"All stories have a structure. A story has a beginning, an end, and a tread of events laid upon a framework that holds it together. Whether the medium is text, film or comics, the skeleton is the same. The style and manner of its telling may be influenced by the medium but the story itself abides. The structure of a story can be diagrammed with many variations, because it is subject to different patterns between its beginning and end. A structure is useful as a guide to maintaining control of the telling."
② 夏衍. 写电影剧本的几个问题 [M]. 上海：复旦大学出版社，2004：87.
③ 凌纾. 动画编剧 [M]. 武汉：湖北美术出版社，2008：91.
④ 杰森·施瑞尔. 迪士尼动画电影剧本写作——从构思到最后完成的过程：诀窍与技巧 [J]. 鲍玉珩，钟大丰，译. 电影评介，2009（11）.

都建立在一个容易被概括的观念上。"好莱坞电影的最基本原则是：叙事要由一系列因果组成，以便使观众容易理解。理解的清晰是我们所有人对电影有所反应的基础。"[1] 叙事与理解的清晰是架构一个故事最基本的要素。实际上，大部分动画电影沿袭了好莱坞因果相承的叙述方法。在三幕架构中，第一幕通常发生在正常的世界里。主人公作为一个普通人，为了一个目的去冒险；第二幕包括长期而又危险的进入神奇世界的旅途。主人公见到了他的敌人，并产生冲突，直到与敌人面对面的交锋，冲突逐渐上升。在这个阶段，主人公获得他的奖励；第三幕进入故事的高潮（最后的胜利），主人公战胜对手并重返家园。[2]

多数剧作理论把目标视作一种静态需求。提出目标后，主人公一直为之努力，一路遭遇重重阻碍，为影片叙事发出种种矛盾冲突和动作。根据目标确定主要角色的需求之后，可以为角色设置"人生"。琳达·赛格有一个名词叫作"人物脊柱"，就是说人物是由行动目标产生的动机和动作决定的。人物目标必须达到三个要求：①重要的事件正处于危险中；②主人公的行动目标须与反面主角的完全相反；③完成这一目标必定困难重重。[3] 赛格认为主人公的行动目标在剧情的发展中不应有任何改变。克莉丝汀·汤普森则认为人物行动目标的转变才是真正的要点所在。在复杂情节的故事中，人物的性格转变往往导致双重目标，并作为影片的结构组成，确定影片的主题，并推进情节的发展。总之，剧作结构是一种运动的模式，结构决定了叙事节奏，节奏又与角色行为、情节设计等方面有着紧密联系。

【思考与练习】

动画编剧与动画设计师在创作过程中如何合作？

---

[1] 克莉丝汀·汤普森. 好莱坞怎样讲故事：新好莱坞叙事技巧探索[M]. 李燕，李慧，译. 北京：新星出版社，2009：1-3.
[2] 杰森·施瑞尔. 迪士尼动画电影剧本写作——从构思到最后完成的过程：诀窍与技巧[J]. 鲍玉珩，钟大丰，译. 电影评介，2009（11）.
[3] 克莉丝汀·汤普森. 好莱坞怎样讲故事：新好莱坞叙事技巧探索[M]. 李燕，李慧，译. 北京：新星出版社，2009：54.

第 3 章　动画角色塑造

亚里士多德提出悲剧的六个成分："情节、性格、言词、思想、形象与歌曲。六个成分里最重要的是情节，即事件的安排；……剧中人物的品质是由他们的'性格'决定的，而他们的幸福与不幸，则取决于他们的行动。他们不是为了表现'性格'而行动，而是在行动的时候附带表现'性格'。因此悲剧艺术的目的在于组织情节（亦即布局），在一切事物中，目的是最重要的。……因此情节乃悲剧的基础，有似悲剧的灵魂；'性格'则占第二位。"[①] 亚里士多德认为在戏剧里，人物从属于故事情节，是次要的，情节是最重要的。威廉·阿契尔与劳逊等理论家也表示了情节重于人物的观点，认为戏剧靠情节取胜。类型片中，人物性格相对固定，情节丰富多变，故事情节烘托了人物，人物的行为又反过来决定情节的发展。动画电影剧本的创作是一个复杂而漫长的过程，很难分清是先有了某个情节再有人物，还是确立了人物之后衍生出情节，在剧本的酝酿过程中，它们是或先后或同时产生和成熟的。在类型片泛滥的当下，重情节轻人物的论调越来越多，但主流看法仍旧认为：人物塑造和情节结构都很重要，缺一不可，但相对而言，人物的地位比情节更突出。[②] 纵观动画电影发展史，那些优秀影片中激动人心的场面和令观众津津乐道的情节似乎都在印象里逐渐隐去，而最终令人难以忘怀的仍然是影片中那些鲜活生动的人物形象。如同猫和老鼠不停歇地追逐，最后，令观众印象最深的或许还是"Tom"猫和一只聪明可爱的"Jerry"老鼠。可见，动画角色塑造在动画剧本创作中的重要性。

《玩具总动员》（Toy Story）在第一部公映（1995 年）后的两年内，其周边产品的销售额超过 50 亿美元，仅次于《星球大战》。《玩具总动员 2》（1999 年）的新增角色有 14 个之多，《玩具总动员 3》（2010 年）则在第二部的基础上又添加了"芭比娃娃"的男友"肯"（Ken）、豆荚里的"豆子"（Peas-in-a-Pod）、"红熊"（Losto）等新角色，如图 3-1 所示。动画角色同时

[①] 亚里士多德. 诗学. 第 6 章. 见：诗学·诗艺. 原载：顾仲彝. 编剧理论与技巧 [M]. 北京：中国戏剧出版社，1981：83.
[②] 凌纾. 动画编剧 [M]. 武汉：湖北美术出版社，2008：46.

也是电影除票房以外的最大卖点,正是因为《玩具总动员》系列影片塑造了如此之多"栩栩如生"的玩具角色,才带来良好的市场回馈。杰弗瑞·斯科特评论说,"这部影片并不是因为复杂的情节或人物关系使创意更加精彩,而是因为有一个独特的视角——有生命的玩具"。引起观众兴趣的是人物,使观众感动和思考的是人物,使观众发笑和流泪的也是人物,最终能吸引观众继续看下一集的也是人物。对动画来讲,人物就是人、

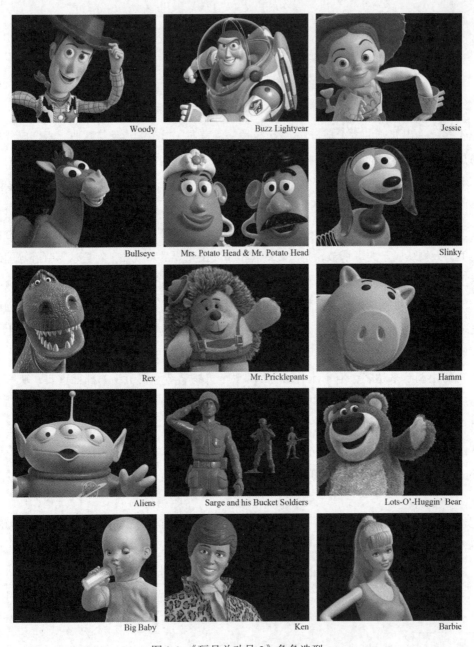

图3-1 《玩具总动员3》角色造型

动物和其他一切有生命的事物,他们以一种独特的方式扮演和诠释其他人的故事。[①] 动画所要塑造的人物即角色,这些角色可以以人、动物为原型,甚至可以包括没有生命的物体。动画是一门虚拟和想象的艺术,具有高度的假定性,通过手绘和计算机制作的方式赋予角色造型和生命。因此,动画剧本中的角色创作既在一定程度上遵循影视剧的创作规律,又体现了动画语言规定的特殊性。

无论是以人为原型的角色还是以非生命体为原型的角色,应能够表现出人性特征,这主要体现在动画角色的造型设计和性格塑造两个方面。悉德·菲尔德认为,"人物是电影剧本的基础,它是故事的心脏、灵魂和神经系统"。"人性丰满"的动画角色是整部电影的灵魂,只有闪现人文情感的角色才能引起观众的兴趣和思考。在创作动画电影故事的过程中,如何诠释角色,如何增强角色的生命力,才能使它们能够长久地留在观众心中?

影响角色塑造的因素包括剧本,也包括造型设计和动作设计等方面。整部动画影片的创作过程就是一个不断探讨与改进的过程。有时,编剧须对创作流程中产生的各种涉及故事发展的问题做出适当回应甚至修改,因此,与导演以及创制部门的沟通也是十分必要的环节。熊猫"阿宝"在第一部时没有父母,当时编剧觉得这对故事的发展是有必要的,可他们后来为什么会选择鸭子作为"阿宝"的养父呢?编剧乔纳森·阿贝尔说:"最理所当然地选择就是让'阿宝'有一个熊猫爸爸,但是我们希望'阿宝'是片中唯一的熊猫。"编剧格伦·伯杰说:"当我们跑去问动画师他们手上有什么角色,我们看到有兔子、鸭子和鹅,我们就想,让那只鸭子当他的老爸如何?最后我们被迫做出不合理的决定,让'平先生'这只鸭子成为'阿宝'的爸爸,而且这个决定让整部电影变得更有趣。"鸭子与熊猫在形体上的巨大反差既符合动画语言夸张、幽默的特性,也为故事情节的安排提供了很多可能性。这种选择,增强了对角色造型特征、心理及运动特征的掌控力度,直接影响后续情节的设计和故事走向。可见,探讨动画电影角色塑造的方法,不可避免地要从"设计"的角度去分析角色设置、角色造型、角色性格及运动特征可尝试从剧作与设计这两个角度,探讨塑造动画角色的方法。

3.1 动画角色感知力

剧本用文字表述想象中的情境,对于每一行对话和每一个动作,读剧本的人需要知道为什么会这样写。因此,用动态的语言表现创作者头脑中想到的画面可以使信息的传递更加准确。在电影剧本创作之初,创作者应对影片里的角色有一个总体的概念,

---

[①] 杰弗瑞·斯科特.动画剧本创作与营销[M].王一夫,等,译.北京:电子工业出版社,2005:143.

大致勾勒出角色的造型和表演特征。通常先有剧本再设计角色造型，有些动画团队在缺乏角色雏形的情况下，尝试逐渐发展细化整个故事。在这种情况下，剧本是从一个场景或一点想法开始，伴随着集思广益和无数次修改调整，与影片的整体设计一起完成的。

　　PIXAR 在创作之初，通常很少会确定一个清晰完整的故事，而是先确定一个"点子"，再确定性格、塑造角色、丰满故事内容。从故事创作角度来说，创造感人至深的故事，打造生动的动画角色，需对角色的造型、性格、表演特征等方面有一定程度的预期和了解，有利于从整体出发构思、展开故事情节。例如《机器人瓦力》中"瓦力"（图 3-2）和"伊娃"的造型直接影响他们的表演方式。捡垃圾的铁皮机器人"瓦力"使用"履带"行走，而"伊娃"是一个智能机器人，她有几种不同的运动模式，包括悬浮、飞行、降落等。影片中的许多场景和搞笑桥段都通过"瓦力"与"伊娃"运动特征的对比，表现它们的个性和内心世界。可见，从设计角度感知角色的个性、造型及表演特征，有利于合理拓展故事情节，并且能够契合角色特点。

图 3-2　瓦力造型设计，《机器人瓦力》，PIXAR 制作

3.1.1　角色设置

　　影视作品中的人物情感细腻、丰富、贴近生活，因此多采用写实方法。而动画影片中的角色性格较为单纯，正反派角色性格往往对比强烈，或天真、善良、正直，或邪恶、虚伪、狡诈。另外，太过复杂的角色性格和人物关系会增加角色表演难度，同时加大影片制作成本，因此，动画影片多采用夸张对比的手法突出角色个性。角色设置由角色在

影片结构和叙事中的不同"分工"而确定,总体来说分为主要角色和次要角色。

1. 主要角色

主要角色(也称为重要角色),是最能传达影片主题思想的中心人物,也是矛盾冲突的主体,故事主线围绕着主要角色的行动展开。例如,《小鸡快跑》的主要角色是小母鸡"金吉""特维蒂夫人"和公鸡"洛奇",影片围绕"金吉"与主人不屈不挠的斗争展开了一场争分夺秒的"越狱战争"。主要角色是活动的主要行为者,构成故事中各种矛盾的焦点。"任何东西,只要能被给予一个自由意志,并具有欲望、行动和承受后果的能力,都可以成为主人公"。[①] 影视作品中的主人公由一个或几个、或群像人物构成,叙事性动画影片则广泛使用单一主人公模式。主要角色数量不宜过多,否则很难令人印象深刻,另外也会增加剧本创作的难度。《大雄的恐龙》(2006年)中,"大雄"和他的朋友们为了将小恐龙"比助"送回一亿年前的白垩纪,与神秘人展开惊险的恐龙争夺战。影片中的主要角色是"大雄"和恐龙"比助","机器猫""静香""胖虎""小夫"等则作为次要角色出现。影片中许多次要角色个性鲜明也作为重要角色出现,但仍以衬托主要角色为目的,在文字篇幅和刻画程度上不宜做过分渲染。

正反派角色通常也作为主要角色的形式出现,其造型特征通常具有明显的差异性,角色的形体比例、材质等方面在视觉上形成对比。《狮子王》中的"木法沙",英姿飒爽、昂首挺胸、阔步向前的造型,彰显了正义、高贵的帝王风范。而"刀疤"则耸肩搭背、面容消瘦、表情猥琐,充分表现出他图谋不轨的阴险与狡诈。造型的差异性与角色的身份、性格特征、主题表现、叙事都有直接关系。最大限度地挖掘动画角色的性格特征发挥其叙事潜力,是剧本创作的至高境界。动画角色的"人性"是对现实生活中"人性"的提炼与概括。外向型夸张的表现手法并不能完全代替动画角色的"人性"特点。"木法沙"和"刀疤"并不是绝对完美与绝对邪恶的角色组合,他们各自丰富又复杂的心理活动,真实地反映了性格底层的"瑕疵"。这些都需要通过角色表演中的神态、姿态、肢体语言等方面的细节刻画,延展角色的"人性"特点。《阿拉丁》中的"阿拉丁"和"贾方"、《功夫熊猫2》中的"阿宝"和"沈王爷",这些角色地位的悬殊和性格的差异都产生了强烈的对比效果,然而他们的内心世界绝不是一味地简单,而是充满各种矛盾冲突。只有合理提炼和演绎这些主要角色的矛盾冲突,外化为具体的语言和动作,才能传达出角色的亲切感,赢得观众的认同。

2. 次要角色

次要角色对主要角色的塑造起着陪衬和铺垫的作用,在影片中的戏份有限,但

---

① 罗伯特·麦基. 故事:材质、结构、风格和银幕剧作的原理 [M]. 周铁东,译. 北京:中国电影出版社,2001:161.

不可或缺。如《花木兰》中的"木须龙"、《怪物史莱克》中的"驴子"等角色,影片往往通过细节刻画勾勒出它们自身独立完整的性格特征和价值观,表现出它们的共性特征,或者强调夸张其中某一方面的性格特点。影片对他们进行了特别的设计和一定程度上的心理刻画。在不喧宾夺主的情况下(戏份的控制),尽量放大它们的独立审美价值,让它们的"表演"不但成为影片的点睛之笔,还能够获得众多观众的喜爱。

许多动画电影中的次要角色被开发为影片的续集,并在续集中担任主要角色,大展风采。《狮子王》里的次要角色非洲疣猪"彭彭"(Pumbaa)和猫鼬"丁满"(Timon)成为《狮子王3》的主要角色,影片讲述了它们在遇到"辛巴"之前的故事。活泼幽默的"丁满"、憨厚可爱的"彭彭"把第三部变为搞笑版的《狮子王》前传,使观众永远记住这一对善良又热情的好朋友。同类影片还有2008年公映的《功夫熊猫:盖世五侠的秘密》。影片讲述了熊猫"阿宝"借着教小兔子们学习武术的机会,介绍了"盖世五侠"各自的成长故事。"盖世五侠"几个角色的塑造十分精彩,造型设计、角色性格各具特点,故事虽短小精悍,但"盖世五侠"作为影片的主要角色,他们精彩的演出更进一步表现出练武之人该有耐心、勇气、自信、自律和善良的心,令观众深入领会中华文化的渊源与武侠精神。

3.1.2 角色出场

塑造角色的主要目的,是通过角色反映剧本的主题思想,而剧本的主题思想是通过角色行为来体现的。夏衍先生在《写电影剧本的几个问题》中提到关于角色出场的几个问题时说,"看电影主要是靠视觉,然后才是听觉,所以人物的姓名、职业、性格特点、习惯动作、与别人的关系等,都应该通过形象和动作向观众交代清楚"。[①] 观众对出场角色的第一印象和认知非常重要。中国古典戏曲里有"自报家门、副末登场"。一出戏开幕后,出场角色上台口念四句定场诗,之后坐下来"自报家门",目的就是要观众在入戏之前对这个角色的信息有一个初步的了解。角色出场的重要性除了体现在剧作结构方面,即在故事开端部分交代清楚事件发生的时间、地点、社会背景、角色之间的关系,另外出场情节的设计对角色性格的塑造也造成直接影响。

戏剧理论家李渔在《李笠翁一家言》中指出,"本传中有名角色,不宜出之太迟。……太迟则先有他角色上场,观者反认为主,及其后来之人,势必凡认为客矣。即净、丑角色之关乎全部者,亦不宜出之太迟。善观场者,止于前数出所见,记其人之姓名。十出之后,皆是节外生枝……"[②] 人物出场的顺序与剧本结构有关,但无论如何要在电影

[①] 夏衍. 写电影剧本的几个问题[M]. 上海:复旦大学出版社,2004:57.
[②] 李渔. 闲情偶寄[M]// 中国古典戏曲论著集成:第七卷. 北京:中国戏剧出版社,1959:6.

开端一定时间内请各路角色们登场完毕，否则观众将对角色设置产生困惑——有几个主要人物？几个次要人物？他们的主次关系是什么？通常有两种出场方式，一种是主要角色先登场——先主后宾，另一种是由次要角色介绍或者引出主要角色。两种方法各有好处，无论采用哪种方式，只要角色一出场，性格一定要鲜明，分清主次，这样才能引起观众的兴趣，加强认知迅速入戏。

从结构上说，故事开端表现得简练、准确、鲜明、生动，也是对动画电影剧本写作的基本要求。吉姆·瑞尔登为《机器人瓦力》写了台词剧本，开场前20分钟没有任何对话。"瓦力"是一名清理地球垃圾的机器人，既不会说话，也没有任何明显的面部表情，只能通过动作和声响来传达感情。影片开场非常精彩，仅仅用了短短的5分钟，就把事件发生的时代背景、时间地点，出场角色身份以及相互关系介绍得一目了然，如表3-1所示。另一主要角色探测机器人"伊娃"在第15分钟出场，其他次要角色也在开场后纷纷登场亮相，时间掌控十分到位，令观众在短时间内迅速对影片风貌和角色信息有了大致的了解。布拉德·伯德编导的《超人总动员》（2004年）则在开场不到2分钟内，以电台采访的形式分别介绍了主要角色超能先生"鲍勃"、弹力女超人"海伦"以及他们的超人特工朋友"酷冰侠"，这种方式更为直截了当，通过各自的演说表现出角色的职业特点和性格。开场10分钟内，通过"鲍勃"执行任务、教堂婚礼等情节的安排，表现了他与反派角色"巴迪"之间的矛盾冲突以及潜在的危机感。"鲍勃"以"我们是超人，以后还能发生什么事情呢？"这句话结束了第一场，并引起观众对其婚后家庭生活的心理期待。11分33秒时，"鲍勃"以保险公司小职员的新形象出现，女儿Violet、长子Dash及幼子Jack随即登场，全部角色快速入戏，进入影片第二场——卸去超人面具的平淡生活。人物出场是否顺利，故事的重要信息是否到位，都会影响整部影片的结构和表现力度。

表3-1 《机器人瓦力》角色出场段落

时间	出场角色	场景（动作）	画面含义
01:00	—	伴随着开场音乐 *Put On Your Sunday Clothes* 镜头展示了浩瀚太空的画面	用歌词内容暗示故事的时空概念
01:10	—	地球摇出镜头	衔接镜头
01:20	—	镜头快速穿过太空垃圾层直达地球。迷雾散去之后，只见陆地上垃圾堆砌如山，渺无生机，死寂沉沉	故事发生的时间：未来世界（2805年），由于人类过度破坏环境，地球已变成荒芜的废墟；地点：地球
02:08	机器人瓦力	它小小的身影穿过画面	突出角色与场景的关系：形单影只的瓦力与无边无际的垃圾场

续表

时间	出场角色	场景（动作）	画面含义
02:30	—	瓦力忙碌地工作着，它把垃圾放进自己的"肚子"（chassis）里，用力把它们压成一个方块，再"吐"出来。（它的"肚子"上印有巨大的 Wall-E 标志）	说明瓦力的工作方式
02:43	电子小蟑螂哈尔	它从一只空罐头盒里跑出来，尾随着瓦力离开	角色性格：喜欢跟着主人
02:50	—	瓦力把压好的垃圾方块集中堆放到一起；哈尔爬到垃圾堆砌起来的"楼房"上	堆放垃圾是瓦力工作程序的另一个步骤
02:55	—	瓦力发现一个自己喜欢的"圆形盖子"（汽车轮毂），用力把它从一只垃圾方块里抽出来；抬头看看远处的天空；把"汽车轮毂"放进自己的"肚子"里	角色行为：在垃圾中收集有趣的物品 时间提示：天色暗淡，下班时间
03:06	—	瓦力关上随身听的音乐；瓦力背起小背包（背包盖上印有 BnL 的标志）；伸出手臂，站在垃圾方块上的哈尔跑到瓦力肩膀上；瓦力和哈尔移出画面（下班回家）	角色喜好：喜欢音乐 角色关系：哈尔是它的朋友或宠物 瓦力工作场景段落告终
03:23	—	镜头拉开，瓦力和哈尔从垃圾堆起来的巨型"大厦"上拾阶而下；字幕渐出 WALL-E 字样（字体设计同瓦力胸前的标志相同）	这些用垃圾方块堆起来的"大厦"比地球建筑要高出几倍，强调了人类毁灭地球环境的恶劣后果
03:40	—	镜头摇下一座耸入云霄的垃圾"大厦"，横移。瓦力和哈尔走在下班回家的路上。写有 Buy n Large Gas 的巨型灯箱广告矗立在路边。之后，他们又经过一个写着 Buy n Large Bank 的广告牌。所经之处布满了各种废弃的 BnL 广告牌	从"BnL 汉堡、汽水、箱包、超市"到"BnL 银行、石油、交通运输"，BnL 广告铺天盖地的出现，映射出此公司曾垄断并耗尽了地球上几乎所有领域的市场和资源
04:03	—	瓦力"踩"过一张躺在满地 BnL 绿色钞票上的 *Buy n Large Time* 报纸。镜头推近——报纸头条印有触目惊心的大标题"地球已被垃圾覆盖！"下方是"BnL 公司宣布全球危机"的字样。边上附有一张"BnL 总裁"看似"得意扬扬"的照片	钞票已经成为废纸，再也不能买到任何资源；仅 2 秒的画面，暗示性地关联了 BnL 公司与"地球垃圾"环境贸易最直接的利益关系，照片内容更是勾勒出 BnL 无耻之极的嘴脸
04:05	—	瓦力上楼梯时经过一个立牌，上面印有 WALL-E Working to Dig You Out	说明"瓦力机器人"的工作属性是"清理地球垃圾"

续表

时间	出场角色	场景（动作）	画面含义
04:20	—	瓦力转过一处废弃的火车站月台（BnL TRANSIT），走到立交桥下，这里堆放着许多与它款式相同的机器人，它们散落在废墟里，锈迹斑斑，景象无比凄凉	瓦力看似是地球上最后一个捡垃圾机器人，其他机器人由于不适应环境都坏掉了，这里是几百年之后的地球（700年）
04:29	—	瓦力在路上颠簸着行走（"脚部"履带的特写）；哈尔差点从它肩膀上掉下来，瓦力感叹了一声	动机暗示：瓦力的"脚部"履带有问题了，待更新
04:37	—	瓦力在废墟中寻找，当他看见一个看起来履带较新的机器人时，抬"脚"和自己的履带比了一下	暗示瓦力将要为自己替换上这只履带，然后继续赶路
04:40	—	瓦力一路狂奔（新履带特写）；哈尔在它肩头表示对新履带的行走效果很满意；瓦力高兴地回应它	角色动作的前后呼应
			显示了它们的友好关系
05:00	—	当瓦力经过BnL火车终点站的时候，路边弹出4块电子广告牌，画面分别播放了BnL公司提供WALL-E机器人清扫地球垃圾的服务项目： （1）"太多垃圾堆积眼前？" （2）"宇宙太空有着用不完的空间！" （3）"快让BnL飞船带你离开！" （4）"瓦力机器人会帮你清扫垃圾"	进一步强调了瓦力机器人的工作性质以及BnL公司庞大的业务范围已经拓展到宇宙太空领域
05:13	—	在最后一块特大电子屏的广告中，真理号飞船出现。伴随着各种飞船上生活的画面，传出BnL总裁Shelby Forthright的声音——"BnL公司为您打造真理号人类梦想的生活"	交代了BnL公司在外太空的业务属性——它拥有一只豪华的巨型宇宙飞船"真理号"。在那里，人们足不出户即可享乐人生
05:24	真理号飞船第一代船长；自动驾驶机器人（AUTO）	船长和自动驾驶机器人（AUTO）出现在电子屏上，背景为"真理号"自动驾驶舱	出场角色介绍："真理号"飞船自动驾驶，由船长一人负责指挥，机器人（AUTO）是他的得力助手。（我们可以观察到第一代船长和飞船上的人们体形尚且比较正常）
05:39	BnL公司总裁Shelby Forthright	广告画面转到BnL总裁Shelby Forthright的真人图像——他一直在滔滔不绝地介绍"真理号"飞船	就是他向地球输送了大量清理垃圾的瓦力机器人。阐释了事情的来由，也满足了观众的好奇感
05:45	—	Shelby转身对着画面远处的飞船挥挥手，结束了漫长的广告宣传	宣告"瓦力下班回家"的场景段落告以结束
06:05	—	瓦力和哈尔终于回到了它们的家	新的场景段落即将开始

3.1.3 角色质感

角色质感的设计具有符号功能。《玩具总动员》以非生命体——玩具作为主要角色。警长"胡迪"(Sherif Woody)发现小主人的新宠玩具"巴斯光年"(Buzz Lightyear)侵占了自己的领地,于是他要努力夺回自己原来的位置。影片紧紧围绕这两个主要角色的矛盾冲突推展开一系列情节。布牛仔的设计突出了"胡迪"这个角色的身份,他是一个具有历史感的西部牛仔。"胡迪"的原型是20世纪50年代电视系列剧 *Woody's Roundup* 的主角。"巴斯光年"的设计则带有《星球大战》的影子,显然是"科技革命"的产物,无论其外形还是材质,都具有崭新的符号性特征。牛仔和机器人这两种具有不同历史感的"人物"作为矛盾双方对立角色的设置,不仅其外形特征造成审美落差,而且不同的生活背景和来历也有利于丰富角色性格和剧情的层次。

具有明显的"角色质感"差异的影片还有《汽车总动员》(*Cars*, 2006)中的"闪电麦昆"(Lightning McQueen)和他的好朋友"脱线"(Mater)。"闪电麦昆"的原型是一辆拥有超强发动机的道奇蝰蛇赛车,V-8引擎,750hp,最高时速达200mph (320km/h),而"脱线"却是一辆生了锈的福特皮卡(1935)。剧本中有这样一段对话——Sally: Hey there Mater. Lightning McQueen: [to Mater] You know her? Mater: She's my fiancee. Lightning McQueen: What? Mater: [nudges McQueen playfully] I'm just kidding. She just likes me for my body. "莎莉"("麦昆"的女朋友)是一辆2002年的保时捷911 Carrera 4S,最高速度177mph。"脱线"开玩笑地说,"'莎莉'迷恋他的外貌"。这段对话作为插播的笑料,同时也非常形象地暗示了迥异的角色造型设计(车的不同款型和外观的对比)引起了观众的"快乐情绪"。图3-3表现了《玩具总动员》《汽车总动员》角色质感的对比。

图3-3 《玩具总动员》《汽车总动员》角色质感对比,PIXAR

在《机器人瓦力》中,机器人"瓦力"是一名地球废品分装员(Waste Allocation Load Lifters-Earth),它是Buy n Large公司派往地球(未来世界,2700年)捡垃圾的最后一个机器人。700年漫长而枯燥的工作使"瓦力"有了自我意识,逐渐渴望朋友陪伴的温暖。有一天它遇到了来地球执行任务的探测机器人"伊娃"(图3-4),于是"瓦力"

爱上了"伊娃"。脏兮兮的"瓦力"配置简单、功能单一、外形粗糙,除了有一双传情达意的大眼睛,它既不会说话也不能做出任何面部表情。这种造型十分吻合"捡垃圾机器人"的角色身份,同时也突出了地球被人类毁灭后的凄冷与荒凉,烘托了影片的环保主题。"伊娃"是最先进的探测机器人之一,装有扫描仪和可收回式电离枪,可以飞行,攻守兼备,它光洁可人的流线造型与"瓦力"的粗糙外表产生了强烈的视觉对比。类似的角色组合还有《怪物公司》中有着 2 320 413 根蓝紫色毛发、长着兽角的大块头怪物"苏利文"(James P. "Sulley" Sullivan)和它的朋友——个头比它小好多倍的绿色圆脑袋独眼小怪物"麦克"(Mike Wazowski)。

图 3-4　瓦力与伊娃造型,《机器人瓦力》,PIXAR

3.2　动画角色性格塑造

《海底总动员》(*Finding Nemo*, 2003)的点子来自导演安德鲁·施坦顿家里的鱼缸,可是有谁会花钱去电影院观看"一条小丑鱼的故事"呢? PIXAR 故事创意总监罗尼·卡门(Ronnie Carmen)说,"我们所要做的,就是塑造个性丰满的角色"。相对于情节来说,人物是画面中的主体。经典作品的共同点是它们为观众塑造了具有性格鲜明独特的角色。无论从文本还是角色造型、动作设计,性格始终是角色塑造的重中之重,也是剧本写作的难点。

3.2.1 性格探源

英国学者 Eysenck 认为，人类大脑中存在网状结构——丘脑——皮层通路，这构成了内、外倾人格特征的生理基础。① 实际上，人在刚出生时并不具有某种性格，性格是通过遗传因素和环境因素相互作用的结果。遗传基因是性格长成的自然前提，但家庭与社会对性格的形成和发展起到决定性作用，性格是人在与社会环境相互作用的过程中逐渐长成的。心理学关于性格结构的学说有多种，如弗洛伊德的"个性结构"理论、德国的"人格层"学说、美国的"特质阶层"学说等。心理学对性格的定义是一个人对待周围环境的一种稳定态度，以及与之相适应的行为方式。其特征有三：第一，性格是一种心理态势；第二，性格相对稳定；第三，性格是个性化的。以上三点恰好是艺术描写的重点和所追求的最终目标。因此，性格刻画不但是塑造人物形象的最佳切入点，而且是人物形象塑造成功与否的最终衡量标准。②

1. 性格的现实性与典型化

艺术中的人物性格来源于人类社会的现实性，即错综复杂的人际关系与社会关系的矛盾冲突，人物性格的逐渐养成离不开这种现实性。人物与周围环境的矛盾运动，即人们在社会生活中所结成的现实关系，其内涵和表现形态是丰富多样的，由此所决定的文艺作品中的性格描绘也是千姿百态、变化无穷的。但是，无论什么个性特质，都必须深植于社会生活的土壤，有其充分的现实依据。

别林斯基认为，"没有典型化，就没有艺术"。所谓的"典型"（tupos）这个名词，在希腊文里原义是铸造用的模子，具有模式化、普遍性的意思。这里所说的典型化并不是指定型化和公式化。凡是能很清楚地显示"种类特征"的就是美的事物（丹纳）。法国启蒙运动代表人物狄德罗在"典型人物"这个观点上认为，"理想的人物（即典型人物）形象应显出同一类型人物的最普遍最显著的特点"。在影视作品中，角色性格的现实性首先体现了一种同类事物最基本的常态和类型，是最为普通、最有代表性的。《狮子王》里的"木法沙"就是普遍意义上的国王，"刀疤"就是阴险恶毒的反派角色的普通代表。国王以国王的口气说话，奸佞之人自然有着阴险的嘴脸，然而只体现出它们的身份特征是不够的。对角色的每一类型做概括性的描绘，仅还原角色的社会性只能算是一种模式化、抽象化的写法。黑格尔的唯心主义哲学体系则主张从抽象的概念出发，"为

---

① 皮特斯托鲁普提供了以下四种性格含义。胆汁质：精力旺盛、反应迅速、直率热情、意志顽强、果敢但缺乏耐心、整个心理活动笼罩着迅速而突发的色彩，具有外倾性；黏液质：安静沉稳、反应缓慢、刻板、情绪不外露、有耐性而坚韧执拗，具有内倾性；抑郁质：胆小、敏感、孤僻、不善交往、易受挫折、能够体察到别人不易察觉的事情，具有内倾性；多血质：活泼好动、思维灵活但不求甚解、情绪不稳定、注意力易转移、做事粗枝大叶、易适应环境、喜欢交往，具有外倾性。

② 浅谈人物在影视作品中的作用及人物的塑造. http://www.biandao.org。

一般而找特殊",他始终认为"艺术的中心是自在又自为的人而不是自在而不自为的自然,人物性格就是理想艺术表现的真正中心"。典型人物应当有典型性格,应该将角色性格分别置入他们所生活的具体环境中,从生活出发,讨论现实性与典型化的问题。"鲍勃"在《超人总动员》里,既扮演了典型化的"超人",又同时拥有一般"个性",其性格体现了存在于具体生活情境中的双重性,产生一种感性的美与真实。

2. 性格的稳定性与个性化

性格一旦养成便坚若磐石,这是指在复杂性格中的主导性格,这种潜在的性格具有相对稳定性,形成一种性格的基调。每个人的性格都表现出复杂性,但每个人的性格都有社会性的一面。相同的地域环境和文化环境会使人产生共性,例如南、北方之间的差别,民族与民族的差别,国与国之间的差别等。另外,性格形成虽然以遗传基因为基础,但后期职业、信仰以及外部的家庭环境、社会环境等因素都会影响一个人的个性心理。性格在社会生活过程中的逐渐丰满又使其具有丰富性,外在表现为多样的情感和行为特征。在文艺作品中,这种稳定性与丰富性是统一的。塑造统一而丰满的人物性格,必须牢牢抓住人物突出的性格特征。随着情节的推进和发展,人物性格也有相应的发展和变化,尤其应该体现人物在情节中不同程度的成长。

3. 典型性格与典型环境

典型环境与典型人物是相关联的两个概念,典型环境促使典型人物采取具体的行动。角色塑造,应该表现出典型环境中的典型人物性格。正如夏衍先生所说,"典型性格和典型环境分不开。时代、地点、社会反映到人的心理中去,就产生动作。在那个环境里人物性格是典型的,而到了今天就不典型;在那个环境里这种事情是可信的,但换了一个环境做这种事情就不真实"。[①] 人物从环境中来,环境塑造了人物性格,性格则体现了普遍的社会性,性格特征即具有典型的环境特征。

《风之谷》又名《风之谷的娜乌西卡》。这部环保主题的电影用"腐海""王虫""风之谷""森林人"等角色和场景建构了一个庞大的世界观,从哲学角度对人与自然的关系进行了探讨。"娜乌西卡"可以用心灵感知自然界,听到虫的声音,与植物对话,带有一种纯净而透明的天然气质和性格特征。丰富而典型的环境特征使"娜乌西卡"充满对"森林""王虫"等自然环境的情感,同时又掺杂着对人类的情感,其性格特征也呈现出高度饱和的极致状态。人类的自私、狭隘激发了不可调和的矛盾与战争,而那些被人类憎恶的森林植物却无时不在用自己的躯体净化毒素,"娜乌西卡"像它们一样,宁愿牺牲自己来换取人们的理解。作为人类与自然的"沟通者",她被塑造成为一名勇敢、坚毅、不屈不挠的少女战士。战争的惨烈,人类与自然剑拔弩张的对峙关系,"娜乌西卡"

---

① 夏衍. 写电影剧本的几个问题 [M]. 上海:复旦大学出版社,2004:29.

舍身拯救生灵的历程，就是这种典型性格与典型环境的高度集中与融合使影片呈现了史诗般的恢宏壮观。

3.2.2 角色性格模式设定

观众已不能仅仅满足于角色在动画中的表演，更需要深入"表演"，即从中看到角色内在的性格和心理。正如沃尔特·迪士尼所说，"没有个性的人物可以做一些滑稽或有趣的事，但除非人们能从这些角色身上看到自己的影子，否则它的行为就会让人感到不真实"。动画电影与真人表演的影视作品相比，其性格塑造方面存在明显差异。真人表演的影视作品中，人物情感微妙细腻、丰富内敛、较为贴近生活，角色的性格塑造大多采用写实手法，演员表演的同时也是表现角色性格的重要环节。安德烈·巴赞在评价罗贝尔·布莱松的《罪恶天使》时表示，"面部特征……是内心活动最明显的外部印记；面部表情上的一切无不升华为另一种符号"。[①] 真人表演时，演员可以通过富有质感的面部表情传达内心冲突和情感，而动画却很难做到这一点。多数动画作品倾向于单纯性格模式的塑造方法，主要角色通常具有单纯的性格，或勤劳勇敢，或美丽多情，或乐观自信等，如表3-2所示。而无论何种类型的性格，都会从始至终地体现在角色表演中。

表 3-2　人物性格类型

类别	力量型	完美型	和平型	活泼型
优点	善于管理，主动积极	做事讲求条理，善于分析	平等观念强，尊重别人	能言善辩，待人热情
弱点	缺乏耐心，感觉迟钝	完美主义，过于苛刻	墨守成规，没有主见	变化无常，丢三落四
反感	优柔寡断	盲目行事	激进，感觉迟钝	循规蹈矩
追求	工作效率，支配地位	精心准确，一丝不苟	被人接受，生活稳定	广受欢迎，喜欢奉承
担心	被驱动，强迫	批评与非议	突然的变革	失去喝彩和声望
动机	获胜，成功	进步	团结，归属感	被他人认同

这种表现形式在好莱坞动画影片中尤为突出，被赋予固定性格、声音、形象的角色成为动画明星，在不同的影片里扮演不同时代和身份的"人物"，演绎不同的故事。这既是类型片的特征，同时也体现了动画所赋予角色的独有魅力。"米老鼠"是最具代表性的动画明星，这一形象于1928年由沃尔特·迪士尼与奥比·艾沃尔斯（Ub Iwerks）共同创作。1928年5月10日，沃尔特在好莱坞日落大道试映了《疯狂的飞

---

① 安德烈·巴赞. 电影是什么 [M]. 崔君衍，译. 南京：江苏教育出版社，2005：115.

机》，紧接着，《骑快马的高卓人》上映，影片中"米老鼠"扮演了一个勇敢的骑手；随即 1928 年 11 月 18 日，《汽船威利号》在 Colony 剧院上映，"米老鼠"成功扮演了一位船员。这一天也被确定为他的生日。1928 年至今，"米老鼠"曾出演过类型各异的电影角色，这位被称为"魔幻之影"的动画明星，一直作为迪士尼的王牌标志，风靡全球。

1. 单一性格定位

角色的性格有各种类型，有的平易质朴、有的古怪偏执、有的豪放豁达，无论是何种类型的性格，塑造角色时首先要对其进行合理定位，性格定位是否准确恰当，将直接影响角色动作与表演的设计，以及故事情节的延展。"白雪公主"是真善美的代表性人物，她永远是一个温柔善良的美丽公主；《猫和老鼠》里可爱又勇敢的小老鼠"杰瑞"战胜"汤姆"猫成为每轮故事的必然结局。单一性格设计是早期迪士尼经常使用的手法，使角色个性稳定而持久，有利于更好地塑造角色的行为定式。

"布鲁托"是一只笨头笨脑的大狗，它最早曾被设定为一只猎狗，1930 年在电影 *The Chain Gang* 中出现，在 1931 年的影片 *The Moose Hunt* 中最终被确认为米奇的宠物。"笨头笨脑"就是它最具代表性的特点，表现在故事情节中的动作特点为：注意力不集中、喜欢乱蹦乱跳、容易受到惊吓。这些特点反映了"布鲁托"性格的简单，这种性格设定使它更加接近于一只真正的狗。另外一个性格是：遇到问题时，总是能冷静地推断是非、以令人惊讶的方式解决问题。这个性格为它的表演增加了趣味性，例如在《顽皮的布鲁托》中玩黏蝇纸的场景，被认为是最能表现"布鲁托"性格的表演。"布鲁托"的性格决定了它行为动作的简单，反过来也突出了它的单一性格；"米老鼠"的单一性格设定为：看起来就是一个小男孩，没有确定的年龄，它住在一座小镇上，生活非常简单，但很有趣味。它在女孩周围就会显得局促不安，但是如果故事情节需要，也可以表现得彬彬有礼而且充满智慧。"米老鼠"的性格延伸：对于弱者的同情和打抱不平、对强者表现得淘气顽皮、脾气急躁、有时很粗心，在所有的画面中，它小男孩的本色是不会改变的。[①] "米老鼠"在任何一部影片的表演中都恰如其分地体现了它永远不变的性格特点。它的动作设计总是以一种固定模式出现，任何情节的设置都以这种单一性格作为参照标准。

2. 性格成长模式

动画角色单纯的性格模式设计外在表现为一种性格基调的稳定性。性格的成长模式则建立在这种基础上，随着情节的发展成为角色的主导性格。在大多数动画角色的成长表现中，单纯性格并不是所谓的简单，而是表现为一种集中而坚定的精神意志指向。不同角色的性格各异，但它们往往选择在不同环境中坚持自己的立场和选择，为完成使命

---

① 史蒂文・卡茨. 电影分镜概论：从意念到影像 [M]. 井迎兆，译. 台北：五南图书出版公司，2006：543.

不吝牺牲，毫不动摇。在好莱坞动画电影中，这种性格塑造方法已逐渐趋向于一种固定模式，尤其在打造英雄主题的类型片中运用得灵活自如。

《狮子王》里的"辛巴"，在流落他乡的时候曾经动摇了意志，不愿返回自己的王国，它的性格成长完全体现在从幼狮到"王"的成长过程中。环境的恶劣和生活的变化更加集中地体现了它性格中固有的本质。这种本性的爆发带动情节奔向最终的胜利之路。当"辛巴"带着王的荣耀回到自己的王国时，人性深处的呼唤——爱、家庭、责任——所有的情感伴随历经世道的沧桑涌向故事的高潮。人性本质的窥探与反响唤起观众内心最深处的情感，观众与角色同时完成这部"哈姆雷特"史诗风格的故事。同类角色比较典型的还有《功夫熊猫》中的"阿宝"。在影片中，它从一个不会武功、好吃懒做的熊猫成长为打败雪豹，战胜"沈王爷"，拯救和平谷百姓的英雄。"阿宝"最初的性格设定与其在"战胜自我"后的对比，展示了角色塑造中典型的性格。

3.2.3 扁形性格与圆形性格

圆形人物与扁形人物的概念来自英国小说家爱德华·摩根·福斯特，他是英国现代主义文学史上最有影响力的人物之一。福斯特把小说中的人物性格分为"扁形"和"圆形"两种类型，分别拥有这两种性格的人称为"扁形人物"和"圆形人物"。福斯特运用扁形人物和圆形人物的刻画手法塑造了一大批性格丰满的人物形象。

1. 扁形人物与类型化

扁形人物是指只有二度的"平面人物"，即"围绕某一概念或素质制造出来的"，在故事中没有或少有变化的人物。扁形人物又称类型人物，是按照一个简单的意念或特性而创造出来的。[①] 这种人物往往显示出定型的人格特征，并且在影片中始终不变，即具有风格化、"脸谱化"特点。从扁形人物的产生原因来看，是为了突出主要人物的性格，而舍弃了对其他人物的性格刻画。文学作品中常用"漫画式"幽默来表现"类型"人物，动画片则通常使用程式化的"招牌动作""口头禅"等习惯性情节设计来表现。因此，动画中的扁形人物有以下几个特点。

（1）性格鲜明，容易辨认，令人印象深刻。

（2）行为逻辑简单，动作表演夸张。

（3）在以故事性为主的影片中，通常作为次要角色出现，出场频次少；在以娱乐性为主的影片中，有时作为主要角色出现。

扁形性格的角色受到闹剧和情节剧的青睐，往往在主要人物的性格设置上以"扁形"

---

① 杨柳. 扁形人物、圆形人物在福斯特作品中的塑造以《天使不敢涉足的地方》为例 [J]. 南京工程学院学报（社会科学版），2010（1）.

性格为主。《蜡笔小新》中"小新"这个角色属于典型的扁形人物，他的特点是喜欢吃小熊饼干、不爱吃青椒；固定功课是每天看动感超人、唱大象歌；招牌动作是高举一只手模仿动感超人；最喜欢的事情是和漂亮姐姐打招呼等。这些特定行为和习惯动作的设计，使"小新"这个角色风格化、类型化，并具有喜剧性效果。

2. 圆形人物的层次性

圆形人物则具有个性化、多侧面、多转变的特点。其性格相对复杂并具有发展性，随着故事情节的发展而产生变化，由于人物性格处于多变的动态发展中，圆形人物在与自我、他人以及社会等各类冲突中表现得极为复杂而丰满，成为影片集中刻画的主要对象。圆形人物对于剧情的发展具有重要的作用，叙事性强。随着动画类型片的逐渐发展，越来越多的动画电影开始把精力转向对圆形人物的刻画，并逐渐将传统动画中以故事情节带动人物的手法转化为以人物推动情节的发展。

塑造圆形人物，需要注重把握角色的内心世界，影片的戏剧冲突与情节重心应紧紧围绕着人物性格的演变和发展，使人物在影片中的作用发挥到极致。《埃及王子》中的"摩西"、《闪电狗》中的小狗"波特"、《玩具总动员》中的"巴斯光年"，这些角色都经历了身份转换的过程以及内心世界的矛盾与挣扎。"摩西"经历了从奴隶到王子——从王子到平民——从平民到领袖三个过程，这种颠覆性的人生巨变促使他的性格日趋复杂，同时，由于人物身份的转换，肩负重任的"摩西"与"雷明斯"为了各自的使命而反目成仇，兄弟关系从情同手足到水火不容。同样，小狗"波特"从未想到自己竟是一个演员而不是无所不能的"闪电狗"，"巴斯光年"从不认为自己是一只玩具。这些"命运多舛"的角色必然存在一个找回身份的过程，并在这个自我认知的过程中逐渐完善自己的人格。观众的心理总会被它们的命运所牵引，直到它们完成自己的使命，回归理想家园。可见，在动画电影中，对圆形人物的塑造应该紧扣人物性格的多变性特点，不断深化丰满其个性和形象，这样才能多角度、层进式地推动剧情的发展。

3.2.4 内在性格与外在性格

悉德·菲尔德认为，影视剧中的人物生活分为两个基本范畴："内在生活"与"外在生活"（图3-5）。人物的内在生活是从该人物出生到现在这一段时间内发生的，这是形成人物性格的过程。人物的外在生活是从影片开始到故事的结局这一段时间内发生的，这是展示人物性格的过程。[①] 内在生活包括角色本身各个方面的信息，例如，在故事开始时，多大年纪？住在哪里？童年是否幸福？是性格开朗还是内向？大学在哪里？做什么工作？是结婚了还是单身？等传记式的内容。影片开场后呈现的是角色内在生活对外

---

① 悉德·菲尔德. 电影剧本写作基础 [M]. 鲍玉珩，钟大丰，译. 北京：中国电影出版社，2002：31.

在生活的影响。内在生活是角色性格形成的过程,性格养成直接造成对外在生活的影响,决定了角色的外在表现,是开朗型,或者是忧郁型。内在生活的设置使角色更为真实自然,同时也是角色在未来情节中产生需求与行为动机的依据。《埃及王子》中"摩西"的内在生活是他沦为埃及奴隶的希伯来人后裔的命运,造就他在未来担当了拯救族人的重任。

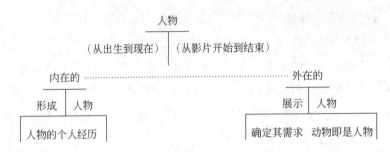

图 3-5 人物性格的形成与"内在生活""外在生活",悉德·菲尔德

外在生活则包括角色生活中的种种关系。他们是谁?做什么工作?生活中的状况如何?对自己的工作和婚姻是否满意?悉德·菲尔德对此做了分类,分别是:职业的生活部分,个人的生活部分,私生活部分(Professional, Personal, Private)。[①] 通过主要角色自身的生活状态以及与生活中其他角色的关系,可以了解角色的性格特点,根据性格特点设置人物的需求及故事情节。角色的特殊身份会造成角色的特殊行为或行为动机,正是《闪电狗》中的波特对自己是一只"具有超能力的闪电狗"的错误认知造成了内心需求与现实世界的矛盾冲突。"戏剧就是冲突。"情节的根本动力来源于冲突,没有冲突就没有故事情节。在剧本写作中需了解角色在开场后的需求,针对角色的需求设置情节障碍,制造冲突,赋予故事戏剧性张力。多数动画电影的创作都是在冲突的基础上设置剧情,塑造性格丰满的角色,揭示创作意图。

3.2.5 角色性格表现

1. 性格与情感渗透

影视剧本中的角色塑造手法与小说、戏剧等艺术形式相比有其特殊性。小说通过文字描述人物的内心世界,舞台艺术通过台词抒发感情,影视剧本则需要通过镜头语言演绎角色的内心世界和情感。动画艺术本身具有发挥无限想象的艺术特质,动画剧本主要通过人物的动作以及特定情境中人与人之间的关系表现共性和个性,在角色塑造方面的空间更多维。艺术影片的创作往往偏重于人物性格以及故事主题的确立,主流电影的创作则不同。美国影视评论家 L. 西格尔认为,"主流电影的观众通常不欢迎主题先行的静

---

① 悉德·菲尔德. 电影剧本写作基础 [M]. 鲍玉珩, 钟大丰, 译. 北京: 中国电影出版社, 2002: 33.

态电影或从头到尾在人物性格上做文章的电影。这种电影或许有丰富多彩的形象和对人的生存状况的深刻洞察,但它们缺乏运动和方向,观众的反应通常是认为它们节奏太慢和深沉,哪怕它们的放映时间仅仅 90 分钟而已。"[①] 行为是心理活动的具体表现,影视剧人物的实质是动作,动作比语言更能使角色的性格外化。沃尔特·迪士尼说,"多数情况下,角色动作背后的驱动力是他的情绪、人格和态度,或者三者皆有"。角色创作的关键在于是否被戏剧化。编剧特德·西尔在分析"布鲁托"这个形象时曾说过,"《顽皮的布鲁托》中,'布鲁托'玩苍蝇的片段被认为是最有意思的镜头,因为这个镜头体现了'布鲁托'所有的性格特征,从懵懂的好奇心到惊慌失措的举止。速度安排也恰到好处,让观众感受到了'布鲁托'所有的感觉。每一个惊讶动作之后,'布鲁托'淡定的表情都经过精心设计,展现的姿态更令观众捧腹。故事的每个小高潮都被处理成了一个惊喜"。威尔弗雷德·杰克逊对此也有过评价:"不让狗有感情或有思想,你同样可以抛出笑料,但那种方式太机械,也不会有趣。"[②]

总体来说,塑造角色情感有以下几个要点:

(1)通过思考表现情感(单一画面或简单的行动;通过手势、肢体语言);

(2)镜头与画面的作用;

(3)主题表达与观众诉求;

(4)通过剧情塑造角色的情感。

以上方法往往运用于动画剧本的创作过程中。在动画电影中除了通过角色行为表现性格,传达情绪情感,静态画面的使用有时比动作更具情感煽动力。在戏剧中,常常提到"情境"。所谓情境,是指艺术安排的特定时空环境。动画剧本也有自己的情境,情境首先包括自然场景:时间和地点,也包括事件发生时的情势与氛围。[③] 艺术欣赏存在一定的气场和氛围,更多地诉诸欣赏者的情感而非理智。宋代诗人梅圣愈说:"状难写之景如在目前,含不尽之意见于言外。"就是说,描写风景应当显露,抒发感情宜于含蓄。侧重描写的小说拥有氤氲之美,在侧重表演的影视艺术中,抒情的含蓄表现手法也多有体现。《画品》有一段关于神态与性格的论述:画鹰、鹞一类的猛禽,不必总是画得张牙舞爪,凶相毕露;可以画一只鹞子坐在枯枝上,悠悠然貌甚闲暇,只是若不经意地把目光射向草中的鹌鹑。……它的"貌甚闲暇"既是迷惑对方的需要,也是充满自信的表现。我们从它此时的"闲暇"完全可以想象它发动攻击时"霜拳老足,必无虚下"的气

[①] L. 西格尔. 影视改编教程 [J]. 世界电影, 1996 (5).

[②] 弗兰克·托马斯,奥利·约翰斯顿. 生命的幻象:迪士尼动画造型设计 [M]. 方丽,等,译. 北京:中国青年出版社, 2011: 104.

[③] 凌纾. 动画编剧 [M]. 武汉:湖北美术出版社, 2008: 57.

概。① 蕴藉含蓄是一种整体风格,也是一种表现手法和技巧,同样能够运用到动画影片中。例如,《小鹿斑比》在制作中删掉了雌鹿中弹仰面倒地的动作,而使用了大树丛中的小小身影这样的画面,用"不动"的运动模式,营造了一种寂静无声的恐惧感和无法抑制的失落感。这种手法令观众在不经意中体会了危险的情境,将他们的情感直接带入剧情中,引起强有力的同情心。②

《功夫熊猫》用争夺"神龙秘籍"作为第一部的故事主线。同为"获得"武林秘籍而战,"阿宝"和"太郎",一个被打造成英雄,另一个则变为命运的牺牲品。在"盖世五侠"去找"太郎"决斗的黎明,"浣熊"师父就那样背对着镜头站着,远处,山外有一轮初升的太阳。前一场景中五个徒弟暗自离开时飞檐走壁的身影(月亮上的剪影)转而切换到火红的太阳。从"浣熊"师父冥思到发觉练功房的动静仅有短短的十几秒。这个转场用平静的画面暗示了希望即将到来,师父伫立冥思的背影暗示了他似乎领悟了"龟仙人"的教诲——熊猫"阿宝"才是命中注定的神龙大侠,"神龙秘籍"的传人,只有它能打败"太郎",保护和平谷的安危。于是在后面的情节里面,师父决定传授武功给"阿宝"这个徒弟。另外,师父的沉思同时也表现出内心的纠结。"太郎"是他的爱徒,如不走火入魔也许不会落到今天这等地步。③ "阿宝"虽为"龟仙人"钦定,但好吃懒做,毫无长进,也令人进退两难。十几秒的场面描写,用简单的角色行为和朴素的画面充分表现了角色的情感,并暗示了角色的行为动机,紧扣故事主题,令剧情的衔接微妙而自然。

2. 角色动作与性格

一个人物做些什么(动作)说明他是谁,可以通过动作彰显角色的性格。作为动画编剧,应该具有把握人物性格的能力,用最合适的动画方式表现人物特点。比尔·泰特拉设计了《白雪公主和七个小矮人》中"爱生气"具有挑衅性的走路姿势草图,通过动作把角色的性格表现得十分到位,如图 3-6 所示。

通过表情的变化,可以很好地表现角色的感情,表情变化也是反映角色思考过程的一个重要手段。"布鲁托"的设计师弗雷德·穆尔用皱眉、笑容以及一整套象征符号表现"布鲁托"的表情,如图 3-7 所示。通过表情的变化可以看出"布鲁托"似乎是在思考。这套符号设计,使动态设计形式得到完整而清晰的表达,也使作品更具有可塑性。通过表

---

① 愈汝捷. 小说 24 美 [M]. 北京:中国青年出版社,1997:175.
② 弗兰克·托马斯,奥利·约翰斯顿. 生命的幻象:迪士尼动画造型设计 [M]. 方丽,等,译. 北京:中国青年出版社,2011:478.
③ 挑明师徒关系的情节对话:第二场,翡翠宫,师父:可找谁呢?该把这蕴藏无限神功的秘籍托付给谁呢?谁有资格成为神龙大侠?第十六场,决斗,师父:你命中注定不是神龙大侠!这不是我的错。太郎:不是你的错。是谁让我满脑子梦想?是谁逼我练功练到骨头都断了?是谁决定了我的命运?师父:这不是我能决定的!

情变化体现思考过程，通过动作反映性格、表现角色的内心感受和情感，同时也要注意动作的力度、节奏与时间掌控，以及构图和立体感对画面造成的影响。

图3-6 《白雪公主和七个小矮人》，"爱生气"走路的动作设计传达了他的情绪

图3-7 "布鲁托"的表情设计，迪士尼

3. 性格与声音表现

声音表现对动画电影的整体效果起到关键作用，有写实和写意两种不同的创作手法，既能如实描绘客观现实，又通过主观化处理来表现角色的心理与精神状态。贝拉·巴拉兹曾经说过，"我们对视觉空间的真正感觉，是与我们对声音的体验紧密相连的，一个完全无声的空间在我们的感觉上永远不会是很具体的、很真实的；只有当声音存在时，我们才能把这种看得见的空间作为一个真实的空间"。声音的加入，为角色注入生命和活力，增强角色的真实感，并能够带动剧情的发展，另外，动画角色的运动规律不被客观现实所约束，动画的假定性使声音表现获得高度的自由。声音表现的基本构成元素包括对白、音乐、声效等。

1）对白

语言这种交流工具，除了表达逻辑思维的叙述功能外，由于节奏、音调、音色、发音频率的不同而具有表现情绪、性格、气质方面的表现力，成为塑造角色性格、表现心理活动的最直接的手段。① 多数影片在动画制作前录制声音对白（日本动画片则一部分采用动画完成后再录制配音）。录制好的配音整理为"粗剪配音"，包括影片从头到尾的全部角色的对白。将粗剪配音与分镜头中的影像同步后，形成电子分镜头，通过电子分镜头明确角色的运动节奏，展示影片整体概要及节奏。② 声音是角色的灵魂，先有演员表演，才有动画设计，因此声音演出从形象到动作到性格，对于角色性格的塑造都非常重要，动画部门有时甚至在很大程度上要依据声音演出的细节来设计角色的各种动作和表情。

在《功夫熊猫2》中，加里·奥德曼用了三年时间出演白孔雀"沈王爷"这一角色，他的出色表演在影片的角色塑造方面发挥了重要作用。他用声音演出了"沈王爷"在凶残、冷血之外的内心纠结、温文尔雅又内心邪恶的性格。《兰戈》里的"兰戈"是一只从现代社会穿梭到西部沙漠的小蜥蜴，这个有着身份认同危机的角色，需要在这里找到自我。因此，出演"兰戈"的约翰尼·德普在配音时故意把音量调高，呈现出一种既紧张又有些神经质的危机感。另外，聘请大牌明星配音吸引观众和媒体关注度，是当前动画影片扩充配音阵容的另一个原因。出演《穿靴子的猫》男女主角的分别是拉丁演员安东尼奥·班德拉斯和萨尔玛·海耶克。此片受到广大拉丁籍观众的支持，以3400万刷新了2011年万圣节周末美国票房纪录。可见，安东尼奥·班德拉斯的声音演出几乎使他成为"穿靴子的猫"这个角色的"原形"。

《美丽城三重奏》只有少量对白，虽然歌词中反复吟唱为人熟知的法语单词"约会"（rendez-vous），但是观众不需要依赖影片的对白，只通过画面、音乐、声效就可以很好地领会影片的意图，影片取得了很大成功，并成为动画创作者学习研究的经典之作。

2）音乐

音乐通常用来营造作品的情感氛围。默片时代电影音乐以现场表演的方式进入影院为观众解读画面，有声电影问世后，音乐则作为剧作元素进入动画电影的声音创作中，成为电影艺术的重要组成元素。在没有对白的影视作品中，音乐成为阐释画面内容、表现角色动作以及制造影片氛围的最主要手段。音乐与电影画面联系紧密，会产生竞争关系，有时音乐能够占据支配观众情感的主要地位。迪士尼的《幻想曲》（1940年）是一部为古典音乐而诞生的动画影片，除"米奇"主演的"魔法师的徒弟"之外，其他六个段落全无剧情，完全用音乐阐释，表现了音乐与影像的完美结合。

3）声效

动画电影中，有大量使用滑稽声效的例子。这些声效对塑造电影视觉画面的空间

---

① 张岳. 浅谈动画片的声音创作 [J]. 电视字幕（特技与动画），2005（6）.
② 莫琳·弗尼斯. 动画概论 [M]. 方丽，等，译. 北京：中国青年出版社，2009：36.

感和时间感有着特别重要的作用，通常在动画制作完成后加到电影配音中。通过模拟现实声效录制的"滑稽声效"，在很大程度上凸显了动画角色的幽默滑稽，并能够符合动画片的快节奏。利用特定物体模拟出原创的声音效果，这种创作方式被称为"弗利式"（Foley），是以杰克·弗利（Jack Foley）的名字命名的。杰克·弗利率先采用影片同步录音方式录制现场声效。[①] 弗利式创作方式，即"拟音"，例如用双手揉搓湿报纸，仿制"行进在泥浆中的脚步声"；用皮手套互相击打，模拟"飞行中的鸟"的声音等。

《机器人瓦力》中有很多声效都是在一个破旧垃圾场录制的。本·贝尔特为其录制了2500段不同的音频制作了各种动画音效。例如，"瓦力"履带的声音是来自一台军用无线电的发电机；电子小蟑螂"哈尔"的声音是手铐上锁的声音；沙尘暴的音效则是工作人员拖着一个沉重的沙袋在宾馆过道里制造出来的。

声音设计师必须了解如何平衡故事不同情节点中的各项元素，从而控制观众的感知能力。不同声音元素最终在重新录制混音的阶段结合在一起，各个部分的声音音量会调大或调小，声效或音乐要起到主导场景的作用，通过放大音量，可以吸引观众的注意力。

声音的节奏与画面严格遵循时间尺度制作，共同的时间尺度使声画关系成为一个整体。声画对位是否得当，将直接影响影片的连贯性、整体性以及趣味性等各个方面的优劣。声音不仅作为画面的说明和补充，动画音乐的夸张性使声音与角色动作的吻合产生喜剧效果。例如，米老鼠影片中的"米老鼠音乐"，即具有夸张性以及强调画面功能的特点。动画的假定性使声音的功能在影片中得到了无限延展，无论在塑造角色方面还是在表现情节、抒发感情、渲染气氛等方面，都显示了它独特的艺术表现力，成为整体创作中不可忽视的一部分。

3.3 动画角色造型设计

从动画剧本创作的特殊性来看，角色的造型设计对于故事的叙事和角色塑造两个方面都会产生直接影响。造型设计并不只是设计师的工作，也是剧本前期策划阶段涉及的问题。在所有的写作模式中，剧本创作应该被看作一个概念化、视觉化和应用的过程，应用到每个过程中的概念都处于不断变化中，可以相互重叠或改变。[②]

动画设计师不仅要负责造型设计、场景设计等绘图工作，还要负责动作设计、场面设计等关于角色运动以及图像调度等工作。因此，如果剧本不适合动画设计的基本要求

---

① 莫琳·弗尼斯. 动画概论 [M]. 方丽，等，译. 北京：中国青年出版社，2009：37.
② 保罗·韦尔斯. 剧本创作 [M]. 贾茗葳，马静，译. 大连：大连理工大学出版社，2009：18.

或者情节场面不足，设计部门会提出见解和要求。对于编剧来说，修改是必然的工作，整个剧本的写作过程就是一个不断探讨与修复的过程。正如《圣诞夜惊魂》（蒂姆波顿导演）的制片人凯瑟琳加文所认为的，"与真人影片相比，动画的创作过程更具进化性。第一步拿到剧本，然后建立故事板，做出动画。这时你意识到这样的设计行不通，然后改写部分剧本。剧本作者应该多参与到动画制作过程中……你需要与他们积极配合，因为显示屏上出现的作品是剧本作者、故事版设计师和艺术指导共同努力的成果。这项工作有很强的互动性"。加文的核心观点是动画剧本作者不仅要用传统的方式来写作，而且要随时关注剧本的视觉化过程和其他相关艺术家在这个过程中起到的作用。这些艺术家不仅要绘图，还要考虑图片移动的效果。这就意味着剧本作者不能固执己见，应该依据动画效果的要求相应地改变剧本构思。

3.3.1 角色定位与影片类型

动画电影的风格决定了角色造型的设计风格。类型电影决定了影片的风格，并产生不同的剧作模式。20世纪三四十年代好莱坞全盛时期的动画电影对剧本写作造成的影响，表现在以类型观念作为架构故事的基础观念上。类型片的基本特点包括：情节公式化、角色定型化、影像符号化（图解式影像）。多数商业电影以类型观念作为影片制作的基础观念，剧作者需严格按照制片人所指定的影片类型，根据商业市场所普遍认可的风格，以一种标准化的模式进行创作。这种艺术产品的标准化，在很大程度上强制性地规定了创作者的思路和艺术表现。20世纪50年代后，伴随大制片厂制度的逐渐瓦解，好莱坞类型电影趋于衰落，各类型之间的界限趋于模糊，类型电影成为一般意义上的样式划分。

好莱坞类型电影的积极意义在于使一部分积极的创作者在这种既定模式的创作过程中，积累了关于叙事模式和叙事语言的经验，表现在故事主题、题材、图像、符号、人物、情节以及对于表现形式和技巧等方面的研究。动画电影的风格在很大程度上受到类型电影的影响，不同剧作类型中的角色风格具有本质的差异。童话、科幻、青春偶像等不同题材的影片又决定了动画角色在造型风格上的特别样式。另外，从广义上讲，角色的定位与造型风格在商业片和艺术片中又有分别。商业影片中的动画角色，由于顾及大众娱乐与商业回报，艺术设计方向更多倾向于大众审美感受，带有一定的普遍性。这一类角色造型不仅要在艺术形象上具有特别的魅力，获得观众的认可和喜爱，同时也要能够体现自身价值以及商业拓展的后续空间。

沃尔特·迪士尼说，"我想为每个卡通人物建立一个丰满的个性——使他们人性化"。在动画电影中，动画角色以其不同的造型和个性影射了人类本身。无论动物、植物、非生物，从本质上说，一切形式的角色都是"人"，都是赋予了人性化的角色。例如，《小飞象》《玩具总动员》《怪物公司》等影片风格形式各异，其中的角色虽不是以人为原型，但是全部体现了人性特点，角色具有人的情绪、思维、性格和想象力。角色塑造不能抛开情节，用"赋予性格的角色行为"推动故事情节的发展。动画角色依托特定的环境而生存，它的内在生活与生活成为性格和行为的依据，同时也造成了角色造型设计的差异性。造型语言赋予角色外在个性，并锁定了表情、体貌、服饰、动态、行为等方面的规定模式。角色造型模式的形成过程既能反映角色的个性特征，同时也成为故事情节存在和发展的基本依据。具有某一特定性格的动画角色，能够在情节拓展中保持连贯性与整体性。动画角色的造型模式与行为规范需要造型设计师与剧本创作者共同领悟和把握，创作中始终要保持角色造型与动作的明确、统一，以增强观众对角色的兴趣和印象。

3.3.2　造型语言与性格表现

造型是角色外在的形象表现，造型设计是塑造角色性格最直接的手段。挖掘内在的东西，是指用造型语言表现动画角色最本质的个性特征，用外在的形象表现内在的"气质"。用最简洁的造型语言表达出"丰富"的感觉，使每一个形象既有"金玉其外"，又要"秀慧其中"。[①] 例如，动画片《小牛向前冲》（图 3-8）中的"大角牛"造型，"大角牛"的"气质"是善良、正直，憨厚中带着灵气、锐气，是一个透着英姿又略带点"楞"的小男孩。

图 3-8　"大角牛"造型，动画片《小牛向前冲》，吴冠英

1. 造型风格定位

不同主题的动画影片有不同的基调，故事的内容和情节则为角色造型设计规定了潜在的设计意图与相关美学要素，无论角色的表现形式如何多变，其角色建构的前期设定总是依据故事的内容和价值取向来定位整体美术风格。

---

① 吴冠英. 吴冠英动漫造型手稿 [M]. 北京：人民美术出版社，2011：138.

在写实风格的剧本里,角色情感与内心活动关系微妙,外在动作高度写实,其角色造型的风格也倾向于写实表现手法,表现形式贴近自然,遵循有机生命体的客观规律,亲和力强,易于接近观众。造型风格的形成往往与地域、民族的历史背景、文化差异、审美习惯等因素有关,不同国家和地区的角色造型风格存在一定差异。日本动画的角色造型形式感强、注重细节、追求唯美,例如《天空之城》《千年女优》《攻壳机动队》等写实风格的影片。欧美写实风格的动画造型则注重表现体积感、光影效果,人体结构严谨、准确,并强调角色塑造的逼真性,格调鲜明;而童话、神话、魔幻类题材的动画电影往往节奏紧凑,动作幅度大、速度快,角色造型通常采用夸张、变形的手法以符合影片的整体格调。

"风格化"(styled)的动画影片通常采用夸张的漫画风格作为艺术表现形式,其动作设计抽象化、角色造型符号化、角色定位也存在一定的题材限制。在风格化的影片中,叙事形式的风格化必然影响角色的造型和动作设计风格。沃德·金博尔在影片《空中制胜》(图3-9)中,以一小段航空史为开篇,同样用幽默的形式强化了主题。他将幽默隐藏于电影画面中,并且用这种风格化的形式淡化了空中大战的现实主义成分和恐怖色彩。如果剧情是写实的,那么动画也必须如此。但是,如果他只是一个风格化的概念,那么角色的动作必须与它的风格相吻合,动作和风格不能看起来是硬生生地掺和在一起。①

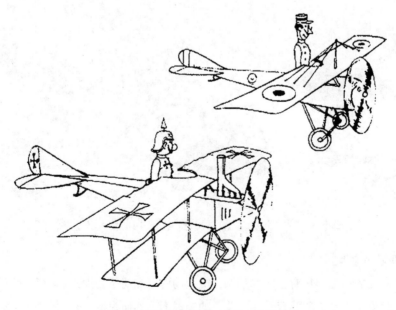

图3-9 《空中制胜》,沃德·金博尔

---

① 弗兰克·托马斯,奥利·约翰斯顿.生命的幻象:迪士尼动画造型设计[M].方丽,等,译.北京:中国青年出版社,2011:518.

动画角色造型设计以推动故事情节的发展为原则，角色性格与故事情节的设置又反过来促成了造型语言的选择。无论何种风格的动画影片都是通过外在的造型语言传达影片的内涵与人文思想的，只有在了解角色性格特征的基础上才能够塑造出符合影片基调的角色。

2. 造型语言与角色建构

角色的内心活动包括感情、意志、需求、动机与目的；外部动作包括形体运动和语言表达。角色造型设计除了要满足故事情节的发展，还要同时兼顾形式美感和审美情趣。

表情、神态、体态、手势等元素能够反映出角色的内心活动。例如，表情的变化可以反映角色的思考过程以及情绪的变化；体态和手势能够反映出角色的精神状态；固定的习惯动作和不自觉的姿态能够反映出角色的潜意识和外部性格特点。这些元素可以通过角色的静态造型设定和动态造型设定来表现。静态造型设定包括头部、形体、服饰几部分的设定，动态造型设定则包括表情、固定习惯动作设定。在进行动作设计前，应该明确角色造型的基本结构，包括身体、五官以及性格特征。头部是集中体现角色情绪、心理和情感感知的关键部位，头部设计与角色表情的传达方式密切相关，是角色造型设计的要点。

1）角色建构

头部设计以锁定角色五官表情为重点，并根据性格和造型特点提供习惯动作设计，作为角色动作设计和情节设计的参考。诺姆·弗格森对"布鲁托"的分析中提到，在设计任何动作的时候，要始终体现出角色本身的性格特点。"呆头呆脑的大狗"是"布鲁托"最核心的特点，也是唯一的性格设定，因此，大狗的重量感决定了"布鲁托"在开始某个动作前，要做足预备动作。

"布鲁托"的角色建构包括①身体看起来像"软糖豆"；②眼神流露出悲伤的神情；③闻气味的时候，面颊会往后拉；④通常情况下，鼻子上的皱褶有四条；⑤耳朵进入移动状态的速度要比头部慢，如表3-3所示。

表3-3 "布鲁托"造型运动设定

角色	性格设定	造型符号设定		固定习惯动作
布鲁托	一只呆头呆脑的大狗	身体	像"软糖豆"的形状	打滑、反弹、闻气味、鼻息、打喷嚏、犬吠等"起坐"动作设计：布鲁托坐下来，左顾右看，开始闻气味。在它站起来之前，预备动作是脑袋先低一下，伸出去，然后身体慢慢直起来，接着结束坐的姿势。然后活动头部，形成新的姿势
		眼神	呆头呆脑，总是流露出悲伤的神情（眼睛上方的两条弧线，在任何画面中必不可少）	
		面颊	到处闻气味时，面颊会往后拉	
		鼻子	数量不是固定的，但通常情况下，鼻子上的皱褶有4条	

续表

角色	性格设定	造型符号设定		固定习惯动作
布鲁托	一只呆头呆脑的大狗	耳朵	在表现吃惊、跳跃等动作的设计中,耳朵进入移动状态的速度要比头部慢。比如跳跃时,耳朵以最快的速度伸向空中;落地时速度要慢,耳朵还是保持原有的长度,然后扫一下再落下来。如果采取极端的手法,可以进行拉伸处理,最后让耳朵恢复到正常的状态,这样设计让动作的视觉效果更强烈	"思考时"的设计: (当"布鲁托"在冰上打滑、摔倒,这时传来"唐老鸭"的笑声,"布鲁托"回头看了看自己的尾巴,眉头低垂,它想:"一定是出了什么问题。")接着,"布鲁托"将目光移向观众,让整个表情变得非常明确。在移动目光之前,"布鲁托"会先抬起一边的眉毛,再将眼睛和眉毛展平,眼珠从一边移向另一边。在完成整个表情的过程中,头部要保持静止不动

在五官的设定中,规定了符号性的表情。例如,在任何画面中,眼睛上方总是画有两条弧线,这种必不可少的设定能够在任何场面中确保"布鲁托"的眼神中流露出悲伤的神情。五官的习惯动作设定,例如,跳跃时耳朵的运动模式为:耳朵以最快的速度伸向空中,落地的速度要慢,最后恢复原来的位置,耳朵的动作比头部的动作更吸引观众,耳朵的动作设定进一步表现了它是一条"呆头呆脑"的大狗,这样设计让动作的视觉效果更强烈,如表3-3所示。在具体的动画制作过程中,设计师通常要在故事板上安插情节点和角色表演的片段,用于表现某些特定场景和情境。在这些节点,一些角色表情的表现是必不可少的,这样才能最大限度地发挥喜剧效果,或者是将特定的情境刻画得淋漓尽致。[1] 可见,角色五官的设定应以能够最大限度地发挥表情在叙事中的作用为原则。

2)角色动作设定

动画片是动态影像艺术,"运动"甚至代表了动画本身。角色的动态设计是根据影片的风格、题材、戏剧冲突等不同方面的要求而进行的设计,与影片中角色塑造的表现力关联密切。动画角色只有在动的时候才能呈现出最好的姿态。在造型设定和运动设定中都要以角色的性格特征为依据,以追求对角色情感的提炼以及延展、夸张、变形之后的艺术特征。动作设计在设定基本元素时集中体现了对于角色性格特征的提炼,但角色建构仍然要遵循人体工学原理,在进行扭曲、变形的过程中,应考虑观众的接受程度,避免过度拉伸。

动作设定对角色表演时的基本动作做出明确规定以保证角色运动特征的统一和性格的连贯性。动作设定包括固定习惯动作的设定与一般动作设定。在限定动作的基础上,能够拓展出一系列与场面情节相关的其他动作。"布鲁托"的动作设定(图3-10)规定了"布鲁托"的几个固定习惯动作——打滑、反弹、闻气味、鼻息和打喷嚏、犬吠等。例如,

---

[1] 弗兰克·托马斯,奥利·约翰斯顿.生命的幻象:迪士尼动画造型设计[M].方丽,等,译.北京:中国青年出版社,2011:545-549.

"起坐"动作的设计:"布鲁托坐下来,左顾右看,开始闻气味。在它站起来之前,预备动作就是脑袋先低一下,伸出去,然后身体慢慢直起来,接着结束坐的姿势,再活动头部,如表3-3所示。"这个动作设定作为固定动作模式出现在每一个包含"起坐"动作的情节设计中,以保证"布鲁托"单一性格特点。在为某些情境或者笑点进行铺陈时,要考虑同步性,应避免极限动作改变角色的性格特点。"布鲁托"的性格设定是:一只呆头呆脑的大狗,动作设计中最重要的是突出大狗的重量感。较大的狗在跑跳过程中需要更多的预备动作,落地的时候需要更多的拉伸效果,恢复原状所用的时间也更长。例如,如果"布鲁托"需要针对某种情况做出快速反应,之后的动作可以处理得慢一点,笨拙一点,凸显这只大狗笨重的特点。在动作结束或者落地的时候,应该在身体和腿部添加皱褶。在开始一个新的动作之前,插入一个静止的姿势,这样有助于表现角色的重量。

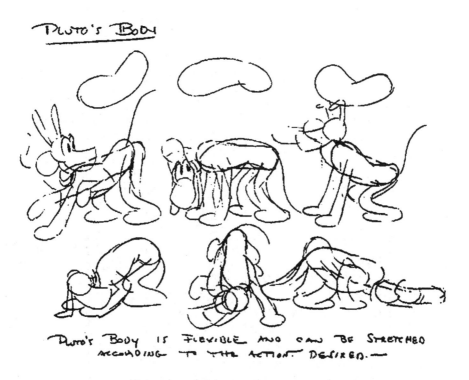

图3-10 "布鲁托"动作设定,迪士尼

"米奇"和"米妮"的形象广为人知,"米奇"的基本性格设定为:一个没有确定年龄的小男孩。因此米奇的姿势,不管是静态的,还是走动、奔跑以及说话时的姿态都应该有青春少年的特点。"米妮"的画法和"米奇"基本相同。不同之处在于"米妮"头戴一顶小帽子、她的"眼线"和长睫毛、微微翘起来的小手指、一摇一摆的小短裙、带蕾丝花边的打底裤。她的姿势和运动方式要充满女性气质和柔美感,任何表情不能出现大笑的样子,动作设计的每个细节都应该表现她的柔美。"米奇""米妮"造型及动作设定如图 3-11 和表 3-4 所示。

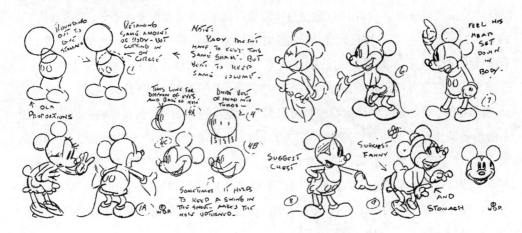

图 3-11 "米奇""米妮"造型设定，迪士尼

表 3-4 "米奇"造型运动设定

角色	性格设定	造型设定	固定习惯动作
米奇	"米奇"看起来就是一个小男孩，没有确定的年龄，他住在一座小镇上，生活非常简单，但是很有趣味。他在女孩周围就会显得局促不安，但如果故事情节需要，也可以表现得彬彬有礼而且充满智慧。在所有的画面中，他的本色是不会改变的	头部："米奇"的头部是圆球造型的，所有的五官在球面上表现出来，鼻子的部分一定要从球面中凸出来，耳朵要画成似圆非圆的形状	"米奇"在人们心目中就是一个青春少年，这个印象已经先入为主。米奇的姿势，不管是静态的姿势，还是走动、奔跑以及说话时的姿态都应该有青春少年的特点
			耳朵画在脸部偏后的位置
			嘴巴通常画在头部的圆圈之内（对话或者动作幅度较大时可以在头部之外）
			背部微驼
		身体：形状类似梨形，肉滚滚的样子。角色的身体在任何时候看起来都是柔软自然的；"米奇"大致上是三头身，从脚到躯干的距离，应该和头的高度相差无几；"米奇"的鞋子显得笨拙，材质软硬适中。锥形结构的腿，与鞋子相交的部位相对要粗大一些，裤腿顺着腿部自然下垂	肩部的姿态对于表现"米奇"的性格有着重要作用。如果将肩部的位置画得比较低，就可以产生肩膀窄小的效果
			腹部臀部模糊处理，这样就会显得更可爱

动画角色造型的整体设计不仅是为了塑造角色的形象，更重要的是要通过造型语言塑造角色鲜明的性格特征。不同表现形式的动画影片，其动画角色的建构都需要依据造型语言的基本原理，结合不同风格形式的特点，深入主题内涵，达到理想的艺术

效果。

3.3.3 造型设计的符号化表现

1. 图像的信息功能与叙事

动画电影制作与真人电影相比，在结构、拍摄和镜头移动等方面有很多共同点，但同时也具备动画自身的特点。动画的独特之处在于动画语言的特殊性，为创作者在视觉场景方面提供了更多的可能性。例如，动画的变形、透视法、拟人化、象征性等方面的特质提供了视觉上从一种形式转变成另一种形式的可能性，并能够用最少的图像表达最多的信息，在视觉上展现真人电影无法表现的画面。其中变形是最能够体现动画艺术语言特质的因素，任何图像之间可以相互转换而形成新的画面语义。在剧情安排方面，剧作者可以拥有更大的空间和自由度，而不必依赖后期剪辑的效果。动画变形的特质导致新的叙事语言产生，剧作者可以用完全不同的方式去讲故事，将现实中的外部环境、情景和状态与意识、梦境、记忆和想象的内部状态结合到一起。

真人电影会通过大量的故事情节和长时间的对话来深度刻画人物形象。动画则可以用最少的图像表达最多的信息。角色塑造更多地依赖于行为而不是语言，情境与动作紧密结合可以衬托出动作的效果。

2. 造型的符号意义

塔尔图符号学派的奠基人尤里·米哈·伊洛维奇·洛特曼从语言学和系统论的角度考察艺术文本的存在形式和结构关系。在洛特曼看来，艺术文本是一个具有自己的特殊存在方式的符号系统，作为符号系统的艺术文本不仅具有保存信息和传递信息的功能，而且有生成新信息的功能，这实际上就是艺术的认知、交际和审美功能。[①] 洛特曼还指出，艺术语言是建立在自然语言基础上的具有图像性或描绘性的语言，在艺术文本中符号不再具有自然语言的任意性，而是具有图像性和离散性。苏珊·朗格指出，"艺术是人类情感符号形式的创造"。艺术通过特定的模式系统实现认知功能，通过符号系统向读者传达特定的信息。动画的英文名 animation 源自拉丁文字 anima，意为"灵魂"，词根 animate 是"赋予生命"的意思。animation 的含义为，赋予原本不具生命的物体以灵魂。动画通过"运动"传达情感，表现角色的生命感和韵味，而不仅是表面上"会动的画"。动画角色是制造"运动"的主体，通过角色的运动形式，体现动画"赋予生命"的本质意义。动画依靠观众对于图像语义的理解传达故事的主题，即通过文本与图像间的转换模式实现认知功能。而动画角色作为传达特定信息的重要元素，成为动画艺术语言中最具"情感"意义的视觉表现符号。法国符号学家罗兰·巴特认为符号是"一种表示成分

---

① 张海燕. 洛特曼的文化符号诗学理论研究 [J]. 山东师范大学学报，2007：78.

与一种被表示成分的混合物。表示成分方面组成了表达方面,而被表示成分方面则组成了内容方面"。① 索绪尔语言学明确了符号的能指与所指,即形式与内容。动画角色作为情感符号的"能指",指代角色本身的形象,包括文本与外在的造型形象,"所指"则指代角色"运动"所传达出来的画面语义与内在精神。"能指"为印象,"所指"为意义。动画电影正是通过角色的"能指"层面的功能传达情感和主题思想,即通过塑造角色形象完成故事的构成。

3. 角色造型的符号构型

艺术通过构型过程完成艺术表现,通过形象性的介质表现艺术的经验和内涵。所谓构型,就是把艺术家要表现的意念、情感通过特定的感性媒介物加以客观化,使之变得直观可感。构型功能是符号的原始功能,这种功能包括对实体的确定,即把事实或存在于思想中的那些类似于现实的幻觉成分加以系统化的种种活动。符号的这种功能,苏珊·朗格称为符号的"结合"功能或逻辑变现功能,因为符号可以把种种思想结合在一起。② 动画艺术主要通过角色塑造完成艺术的构型过程,传达思想。角色造型是构成角色"符号"的外在形式,造型设计作为角色塑造的形式语言,直接体现了故事内容与情感的抽象含义,是完成动画语言"符号化"构型过程的基本手段。

1)"符号化"构型过程与影片的整体关系

动画角色与影片故事、主题、情节、节奏等各方面构成元素的关系呈现出一种局部与整体的关系,角色造型设计的"符号化"构型过程总是在协调局部与整体关系的主控思想下逐渐完成。在艺术作品中,局部与整体的矛盾不可避免,局部与整体的关系是艺术结构必须解决的问题。在艺术上要实现的是整体而并非仅仅局部的效果,这在创作中是最难曲尽其妙的。③ 中国古典艺术作品在处理艺术结构矛盾时,常以变通、平衡、和谐统一为法,正如刘勰所言,"弃偏善之巧,学具美之绩"(《文心雕龙·附会》)。刘勰的方法论用一种"折中"的辩证思维,阐释了他的美学思想,所谓"擘肌分理,唯务折中",这是他批评文学的原则和方法。这个方法要求看到事物相互对立的方面,并且把这些方面统一起来,而不是孤立地强调其中的某一方面。④ 刘勰提供了一种处理文学作品中局部与整体关系的方法论。实际上,无论从文本还是造型设计的角度,角色塑造与其他要素间所产生的矛盾关系,呈现出一种平衡状态。角色塑造与故事构成在结构形式上是统一的,设计原则以符合影片的整体格调为基准。在角色造型设计方面,其"符号化"的构型过程仍然要以传导影片主体思想和文化内涵为依据。

---

① 罗兰·巴特. 符号学美学[M]. 董学文,王葵,译. 沈阳:辽宁人民出版社,1987:34-35.
② 乔凤天. 符号学方法在动画角色研究中的应用[J]. 文化产业与理论研讨,2010(2).
③ 王毅. 古典哲学与艺术结构[J]. 文艺研究,1985(3).
④ 张辰. 刘勰美学思想发微[J]. 内蒙古大学学报(哲学社会科学版),1995(11).

2)创作过程与认知"感受性"

美感在艺术创作和艺术鉴赏过程中含有一个审美认知过程,所谓"情以物迁,辞以情发"(《文心雕龙·物色》)。创作与审美过程同时都是复杂而微妙的过程。在创作过程中,由客观世界中美的事物激发创作者的思想感情,引起创作冲动;而在鉴赏的过程中,审美主体(观众)首先接触到的是美的表现形式,而在自己的心灵中唤起创作者所体验过的情感,由此而完成对艺术作品的审美认知过程。鉴赏与创作的过程反映了一个逆反的心理过程,在动画剧本写作乃至整个动画制作过程中,对于观众的心理认知和接受程度应该有十分的了解和把握。尤其在塑造角色时,性格设计、造型设计、动作设计各个方面都应该考虑到观众在观影过程中的感受。动画电影偏重于在娱乐的背后带给观众思考,通过赋予角色风格化的造型和落差悬殊的人物性格,激发观众的情感。角色造型的"符号化"构型过程不应游离观众的"感受性",造型语言的选择应以增强角色形象的"情感感受力"为准则,合理运用"符号化"体现造型形象的"能指"之美。

3)抽象视觉符号的象征性关联与情感张力

"张力"一词源于英美新批评派理论家艾伦·退特,是关于诗的价值的评判中处于核心地位的评判标准。1937年,退特在《论诗的张力》一文中指出,"我提出张力(tension)这个名词。我不是把它当作一般的比喻来使用这个名词的,而是作为一个特定名词,是把逻辑术语外延(extension)和内涵(intention)去掉前缀而形成的。我所说的诗的意义就是指它的张力,即我们在诗中所能发现的全部外展和内包的有机整体。""张力"的概念日渐被文学理论界用于包括语言、结构、角色、情节等在内的文学的各个层面的研究。[①] 情感张力,在动画艺术中通常被用来评判角色塑造的表现力。动画中的所有元素都是创作者的虚构,造型语言同样作为情感的表达方式,其目的是用最能够表达角色性格特征的造型方式,赋予角色形象和生命力。角色形象的符号化,即通过抽象视觉符号的象征性关联,以抽象的形式将这一功能发挥到极致,浓缩了角色生命内涵外延的全部意义。

《功夫熊猫》中熊猫"阿宝"的造型设计(图3-12)集中体现了符号化的构型过程以及抽象视觉符号的象征性关联。"阿宝"的造型设计和性格塑造体现了中国传统文化的思维方式,他是一个完美的阴阳的化身。阴阳调和与平衡是中国道家揭示万物相生相克的理论基础,熊猫视觉上的黑白相间与身体外轮廓近乎圆形的剪影刚好与太极符号吻合。他浑圆的体态与背景形成鲜明对比,笨拙而简单的动作设计则相对减轻了影片的沉重感。这种造型元素与运动形式的刚柔结合,极具情感张力和喜剧效果,既平衡了影片的整体色调,又体现了形象与角色的契合。如果说命题和主题确定剧情的意义,只有正

---

① 孙书文. 文学张力论纲[J]. 山东师范大学学报(人文社会科学版),2007(52).

确定位人物的功能才能使这个意义走入剧情。[①] "阿宝"在《功夫熊猫2》里的情感状态同时体现了一种介于混沌之间的平衡感。成为盖世五侠的首领后,他从未以傲慢自居,依然保持着谦卑与自我怀疑的心态。表面看来,身手不凡的"阿宝"保护着和平谷的安危,是他性格"阳刚"的一面;而潜意识里的幼年记忆令其思维混乱不已,又让他表现出情感"阴柔"的一面。符号化的造型设计与刚柔结合的性格设计再现了动画语言幽默诙谐的本质,"阿宝"的角色功能也在故事架构和情节的不断深入过程中发挥了重要作用。

《飞屋环游记》(Up, 2009)讲述了怪脾气的退休老人"卡尔·费迪逊"(Carl Fredrickson)、精力无限的小孩"罗素"(Russell)和一只会说话的小狗"逗逗"去"仙境瀑布"(paradise falls)探险的故事。影片中无论是主要角色卡尔和小罗还是小狗和彩色大鸟凯文(Kevin)的造型设计,都是从每个细节着手去不断丰富角色的个性,角色造型饱满而充满张力,如图3-13所示。苏珊·朗格认为,"艺术即情感的构造"。塑造动画角色重在表现角色的生命力,只有将灵魂注入造型的"外壳"才能让角色"活"起来。影片的角色设计使用抽象性符号语言高度概括了角色的性格与情感元素,使角色造型具有外在的情感张力。"卡尔"是个十分固执的老人,坚持自己的生活方式,在过去的50年里都吃同样的早餐,恪守一成不变的日程计划。根据这种偏激怪癖的特点,78岁的"卡尔"被设计成了一个"方"形造型,"平行、对称、工整"的"方"非常形象地表现了老人"顽固不化"的性格,人生岁月的沉淀跃然纸上,生命的力量、复杂的情感、永不放弃的精神以及他对爱的坚守和对生活的信念,全部通过造型符号表现出来。而七八

图3-12 《功夫熊猫》(Kung Fu Panda) "阿宝"造型设计,2008年,梦工厂

图3-13 《飞屋环游记》(Up)角色造型,2009年,PIXAR

[①] 皮埃尔·让.剧作技巧[M].高虹,译.北京:中国电影出版社,2004: 25.

岁小学生"罗素",则是一个"圆"的造型。"圆"是中心对称图形,圆形符号的不确定性、多义多变的特点与冒险精神、纯真稚气的孩童特点十分吻合。角色造型的符号化既传达了影片的主题思想,又呈现了动画幽默、夸张的特点以及最本质的美。

3.4 动画角色动作设计

亚里士多德认为戏剧的唯一表达形式是动作,而不是叙述。在欧洲"戏剧"一词(希腊文 dpama,拉丁文 drama,英文同)原来的意思就是"动作"。亚里士多德在他的《诗学》里一再强调在戏剧里动作的重要性。他说,"悲剧是对一个严肃、完整、有一定长度的行动的模仿……模仿方式是借人物的动作来表达,而不是采用叙述法"。[①]影视剧借助动作表现人物,同样,动画电影通过动作刻画人物性格、表现故事情节与主题。

3.4.1 "动作"的概念界定

从某种意义上说,动画是动作的艺术。实际上,"动作"衍生了几种不同的概念,有遵循原动画规律使角色动起来的"动作"、镜头语言的叙事"动作"、影视戏剧里的"银幕动作"等。有剧本作者创作的"动作",也有动画设计师为角色设定的"动作"。从不同角度讲的"动作"属于广义的动作。作为一个戏剧术语,从剧作和设计角度来看,可理解为剧作者为角色设计的"动作"以及角色表演的"动作"。它们的目的都在于充分利用动画的本质特点,创造充满夸张、幻想并超越现实的画面,塑造"生命力"并能唤起观众情感共鸣的动画角色。因此,在创作过程中这两个概念是难以完全"剥离"的。

3.4.2 角色的动作化与"运动"思维

演员在舞台上通过台词演说抒发人物的情感,影视剧中需要通过视听语言演绎人物内心的情感,实质是"动作"。动画的主要动作是人物的行为动作。由于动画的高度假定性和情节的夸张性,角色动作具有夸张的特点。塑造动画角色,往往是创作者从文学、戏剧、美术、音乐等多种艺术手段中吸取经验的综合效果。剧作者除了根据剧情为角色设计动作,镜头本身的运动、组接、画面光影、色彩、音响等也为叙事手段同时也提供了更多选择。

苏联电影理论家弗雷里赫说,"电影剧作家在下笔以前,应该先在自己头脑中看见

---

① 亚里士多德.诗学.第6章.见:诗学·诗艺.原载:顾仲彝.编剧理论与技巧[M].北京:中国戏剧出版社,1981:83.

所设想的动作,他在想象中仿佛预先看到了演员的表演,以后被摄影师拍成许多镜头,又被导演剪辑成统一的影片。这所有一切都包含在'电影动作'这一概念中"。[①] 动画思维是一种"运动"思维,泛指创作中的"表演意识"。动画语言塑造角色的手段相比真人表演的影视剧更丰富,动画角色可以超越现实表演出神奇怪诞的动作,从一个有局限性的世界跨越到一个无拘无束的虚幻世界。创作中可灵活运用角色表演、镜头运动、光色变化、画面更替、音响变化等"运动"元素。例如,用蒙太奇方式表现情节场面可以相对缩短角色的动作过程,通过镜头的分切与衔接组合可以创造出简洁明快的节奏美感。反之,也可以延长角色的动作过程,放大、夸张角色的特定情绪,渲染场面气氛。如图3-14所示为定格动画短片《死亡游戏》(Game of Death)中的两组角色动作设定。另外,闪回、特写、主观镜头的应用能够代替角色动作,镜头本身的运动也可以表现角色的内心活动和情感状态。

图3-14 《死亡游戏》(Game of Death),角色动作设定,定格动画短片,2010年,王筱竹

"运动"思维是剧作者的基本思维模式,同时也作用于动画设计师。在创作过程中,动画师担当了动画角色表演的工作。理查·威廉姆斯认为,"对动作有所体验后再表达……培养出透过我们的画面或创作影像,按照角色所处的环境,了解角色的需要,以及为什么需要,再将个性折射在角色上的能力——这就是演出"。[②] 动画设计师需要在绘制过程中演出角色的动作,因此,还原真实场景的表演过程具有参考价值。通常,动画公司会邀请真人演员为制作部门表演故事中的角色动作。动画设计师往往通过这种"场景表演",在演员表演的动作中捕获动画角色需要的情感,找出最恰当的角度去描绘动作,这样有助于合理控制动作的时间节点,并抓取表演中的细微之处来完成动作设计。

3.4.3 角色的行为动机

所谓行为动机就是角色的"行为目的",即"需求是什么""要做什么"。角色的愿望、

[①] 凌纾. 动画编剧 [M]. 武汉:湖北美术出版社,2008:60.
[②] 理查·威廉姆斯. 动画基础技法 [M]. 台北:台北龙溪国际图画有限公司,2004:315.

需求、欲望等内在诉求产生动机，然后为了达到一定的目的而行动，行为动机决定了故事情节的走向。动画角色的行为动机通常比较明确，并带有超现实主义色彩，但行为动机的设定要符合生活逻辑，挖掘角色的行为动机不能随意捏造，需要与具体身份和性格相符合。例如，《海贼王》中的"路飞"以及《超人总动员》中的"海伦"，他们的头颈和四肢都能无限伸展，《猫和老鼠》中的"Tom"猫可以被无限压缩、拉伸，甚至变形，这些角色的造型和动作设计都非常夸张，但它们的行为动机都没有脱离现实的基本规律，而是通过别具一格的表演反映了人的世界和"人性"原则。动画角色是对现实中人类思想情感提炼、夸张后放大了的艺术形象，角色的性格与思维模式源自人性的一部分，因此，角色行为设定应还原到人类生活的情境中，否则将失去真实感而无法得到观众的认同。

动画电影叙事的核心是戏剧化的矛盾冲突，制造冲突的关键问题在于将动画角色"戏剧化"。角色的行为动机与故事主题是吻合的，一般来说，主要角色的行为动机通常在故事开端就很明确，有的则在剧情的推进中产生转变。例如，《小鸡快跑》中的"金吉"就是为了带领大家逃离鸡舍；《冰河世纪》中的长牙象"曼菲德"、剑齿虎"迭戈"、松鼠"希德"三个伙伴的同一目标就是护送人类的孩子重返家园。在主要角色以团队组合形式出现时，由于角色的性格差异，某些角色在途中产生意见分歧甚至为实现目标设置障碍，这种情节的结果往往有惊无险，在遇到重大外部挑战与危机时，角色的行为动机立即统一起来一致对外。例如，《小鸡快跑》中喜欢自吹自擂的公鸡"洛奇"，在真相暴露后跑开，但它在最后关头还是重返鸡舍帮助大家胜利逃亡；《冰河世纪》中的"曼菲德"与人类有灭门之仇，剑齿虎"迭戈"向来与人类不共戴天，甚至在旅途中设置埋伏，但在正义感和道德感的驱使下，它们还是共同面对危机，克服重重困难，最终将小孩送还。角色动机的转换，增加了故事的复杂性和欣赏性。

明确角色的行为动机是剧本创作的前期工作，行为动机是进一步设计动作、塑造形象的基本依据。另外，因行为动机的转换而产生错综复杂的关系，造成角色功能的多重化，为故事的铺陈创造了悬念并充满戏剧性张力。角色用行为表现自己，可利用动机的转换将主要角色抛到"烽火浪尖"进行重点刻画，在动作设计、对白设计、场面设计等方面适当添加细节信息，以加强表现张力。

3.4.4 角色表演与情感植入

1. 动画角色表演原理

角色表演通过动作设计完成，其创作原理如同演员在影视剧中的表演过程。影视艺术以演员的创造性表演体现最大价值。麦克雷蒂曾为演员的艺术作了定义——"去测定性格的深度，去探寻他的潜在动机，去感受他的最细微的情绪变化，去了解隐藏在字面下的思想从而把握住一个具有个性的内心的真髓"。19世纪英国喜剧表演艺术家亨利·欧文为表演艺术做了高度评价,"什么是表演艺术,我是指最高境界的表演艺术……这种艺术体现诗人的创造并赋予诗人的创造以血肉,他使剧本中扣人心弦的形象活现在舞台上"。在动画中,动画设计师担当了演员的角色并履行演员的职责,通过角色表演为角色塑造生命。

对于任何一种艺术形式,情感内容是区分纯粹的技术技能和真正艺术的关键。在动画片中,好的角色表情有双重潜能:第一种在于影片中角色的情感能唤起观众的回应,而第二种在于其本身的艺术效果。这将在作品材料的选择、设计、表达、表演、画面、色彩、音乐,特别是在动画制作中显示出来。① 除了视听语言,在角色表演中,情感是塑造角色存在感和生命力的重要方面。角色的情感始终是动画的心脏和灵魂,沃尔特说,"在我们的动画中,不仅要表现出一个角色的动作或是反应,还要同时描述出角色动作所包含的内容——角色的情感"。情感植入是复活角色的必要手段,除了想象力和幽默感,动画设计师还应具有能够渗入任何生命的设计感觉,只有对于角色及相关情境产生情感介入才能创造出令人难忘的角色,让角色在影片中"活"起来。

2. 符号化动作与情感表现

多数早期动画作品倾向于通过事件表现故事,现在越来越多的作品通过角色对事件的反应来表现故事。事件本身仍是关键,但角色对正在发生的事件的感觉和反应则更加重要。在影视剧中,演员用特定的手势、表情、动作等"符号"元素表现角色的个性和情感,将这些"符号"元素按顺序结合起来,就会使演员与观众之间建立一种既定的联系。动作"符号"的编码顺序代表不同人物的不同个性,动画角色设定中的"固定习惯动作"的设计原理与此相通,观众可通过角色表演中的符号性动作了解角色性格,只有了解并喜欢了这个角色,才会关心接下来角色将会做什么事情。动画电影中,除了情感的植入,动画设计师还必须客观地分析出动画角色是否能够影响和感动观众,而不是仅仅依靠自己内心的感情来表演。

动画角色的一连串动作表示对于不同事件的一系列反应,仅按照动作规律设计出角色的肢体动作并不足以复活一个角色,需要在这种功能性表演的基础上不断介入观众对于角色的情感。这种表演则超越了一般视觉存在,将事件、动机和所有极致的情感元素折射于角色本身,形式上也极度夸张、充满幻想性,通过画面移情增强观众对于角色的认知深度与亲和力,并不断给予观众新鲜感。早期迪士尼动画对角色动作的要求非常简单,主要局限在表现角色情感的"生气"和"害怕"这两个方面,而观众的"悲痛"情

---

① 弗兰克·托马斯,奥利·约翰斯顿.生命的幻象:迪士尼动画造型设计[M].方丽,等,译.北京:中国青年出版社,2011:473.

绪的情感介入则成为后期作品的主要元素不断出现,并形成一种创作规律沿用到今。例如,《丑小鸭》中的小角色(图3-15)为了达到目标不断努力、失败、再努力,并遭到其他角色的嘲笑。而"丑小鸭"本真、独特的表演赢得了观众的认可和感动,当它成功时,观众也为之鼓舞。只要中心人物是诚挚的,他的表演可以充满幽默感而没有一点压抑与痛苦。"丑小鸭"被抛弃而发出了"滑稽的燕叫声",但是观众的笑声和同情心被一种方式联系起来,这种方式使角色的娱乐性和个性的发展又提高了一个层次,但是对于角色的表演没有多高的要求。①

图3-15 《丑小鸭》角色表情设计,迪士尼

3. 内心动作的情感表现

在制作动画前,首先要了解角色,这样才能够了解角色的现实生活、世界观、态度,在特定情况下会做出的反应以及由上述因素所导致的角色行为方式。② 角色的外在行为通常表现出内在的意图。只有充分了解角色的内心动作,才能准确地设计外部动作。内心动作包括角色的行为动机、情感意志与心理需求,外部动作包括角色的形体运动和语言表达。内心动作是外部动作的驱动力。如《小鸡快跑》中,小鸡"金吉"越想早日冲出"集中营",越要奋起反抗,制订出各种疯狂的出逃计划,它的动作总是带有紧迫感。在《超级无敌掌门狗:人兔的诅咒》中,小狗"Gromit"想要援救变成巨型兔子的主人"华莱士"(Wallace),就要牺牲自己的大冬瓜,聪明善良的"Gromit"内心有些纠结,但它的动作却十分从容。

动作特点能够反映出角色的性格和心理,其空间位置、力量轻重及能量流动等参数可以作为衡量角色性格与内心活动的依据。适度的规定性动作可传达出特别的角色情绪与画面意义。准确把握角色的内在情绪对外部动作的影响,需要分析角色心理与行为动机的影响,即哪些动作是反映角色性格的,哪些是反映角色动机的,以及在心理需求下角色即将完成的动作趋势是什么。

---

① 弗兰克·托马斯,奥利·约翰斯顿.生命的幻象:迪士尼动画造型设计[M].方丽,等,译.北京:中国青年出版社,2011:475.

② 莫琳.弗尼斯.动画概论[M].方丽,等,译.北京:中国青年出版社,2009:53.

另外，用最能够反映角色性格与内心活动的外部动作塑造角色。《龙猫》中天真的"小梅姐妹"和她们幻想世界中的"龙猫"、精灵们无拘无束地在一起玩耍。那些充满奇幻的情节场面与宁静而现实的乡村生活融合在一起，营造出朴实温暖又有些诡异的气氛，夸张地表现出小孩子才有的想象力，充满童真的无邪。影片通过塑造"小梅姐妹"展现了一派非现实主义情境，当来到大人们无法触及的世界，一切行为和动作都显得虚幻而柔和，这与她们充满想象力的内心活动有直接关系。在《兰戈》（2011年）中，"兰戈"（图3-16）是一只活在内心世界中的小蜥蜴，它总是幻想着自己是一个大英雄。有一天，它只身来到小镇求生，却鬼使神差地除掉了小镇居民的天敌——沙漠老鹰，被任命为小镇的警官，"兰戈"从此活在幻想与现实的矛盾中，始终在这片无水之舟寻找自己的身份。最终，它勇敢地走出内心的阴影，铲除恶人，并为大家找到水源，成为一个真正的大英雄。在冒充英雄那段生活中，"兰戈"的言行充满不确定性，欲言又止，欲罢不能的矛盾心理通过它的动作表演一览无余。

图3-16 《兰戈》，在幻想与现实的矛盾中寻找自我的小蜥蜴"兰戈"，派拉蒙

3.4.5 动作与反动作

亚里士多德认为，"悲剧是行动的模仿，而行动是由某些人物来表达的，这些人物必然在'性格'和'思想'两方面都具有某些特点（这决定他们行动的性质，'性格'和'思想'是行动的造因，所有的人物的成败取决于他们的行动）"。[①] 可见，角色通过动作反映自身的"性格"和"思想"，"性格"和"思想"也是内心活动的驱动力。大多数理论家都认为戏剧冲突是戏剧的特征，人物动作则是矛盾冲突的具体表现。黑格尔在《美学》第三章《冲突》一节中谈到戏剧情境时说，"内在的和外在的有定性的环境、情况和关系要变成艺术所用的情境，只有通过这情境所蕴含的心情或情绪才行。……只有当情境所含的矛盾揭露出来时，真正的动作才算开始。但是因为引起冲突的动作破坏了一个对立面，他在这矛盾中也就引起被他袭击的那个和它对立的力量来和它抗衡，因此动作与反动作是密切联系在一起的。只有在这种动作与反动作的错综中，艺术理想才能显示出

---

① 顾仲彝. 编剧理论与技巧[M]. 北京：中国戏剧出版社，1981：83.

它完美的定性和动态"。① 黑格尔的论点,表示出剧中人物动作的对立能够在剧作结构中制造矛盾与冲突。正是由于角色间的感情、欲望、目的要求等诉求产生了矛盾对立关系,信息才会在动作施动者与受动者之间传递——产生动作与反动作。动作与反动作在叙事空间中同时存在,在画面中则表现为顺承关系,情节类的动画片通常运用这一法则组织故事和情节。

例如,在《穿靴子的猫》(图 3-17)中,当小主人公救了"卫队长"的妈妈后,得到了大家的爱戴,从此人生路变得光明坦荡,他不愿意再帮助朋友"矮蛋"(Humpty Dumpty)② 去做些偷盗的勾当。有一次"矮蛋"骗取"靴猫"的信任参与银行盗窃,结果"矮蛋"在途中被捕,"靴猫"无意搭救,从此二人反目。若干年后,传说法外之徒"杰克"和"吉尔"(Jack and Jill)发现了宝藏的秘密,准备据为己有摧毁世界。"靴猫"挺身而起,前去阻止这一暴行。与此同时,"矮蛋"开始了策划已久的盗取黄金之鹅的复仇计划,这一次他答应以赠送金蛋为报酬联手黑猫"软爪妞"(Kitty Softpaws)协同作战。在表面看来,"矮蛋"巧遇"靴猫"似乎重归于好,共同阻止暴徒的恶行,目标一致,实际上"矮蛋"仇恨未消试图事后栽赃。而"软爪妞"则在与"靴猫"的交往中逐渐发现"靴猫"有着"比金子还重要"的宝贵品质,与之相比,自己的贪婪、自私令她感到十分羞愧。于是"软爪妞"在关键时刻对"靴猫"吐露实情,倾慕之心亦不言而喻。在三个伙伴"维和之旅"的征途中,各自内心的目的、欲望、感情都发生了微妙的变化,他们的行为动作产生了各种类型的冲突。这种"人与人之间的相互冲突,人与环境之间的冲突,人们自己内部的冲突"在时间上的顺承,能够不断推进故事情节的展开。动作与反动作的合理组合可

图 3-17 《穿靴子的猫》(*Puss In Boots*)角色造型,2011 年,梦工厂

---

① 黑格尔. 美学(第一卷). 原载:顾仲彝. 编剧理论与技巧 [M]. 北京:中国戏剧出版社,1981:85.
② Humpty Dumpty 的名字来自著名的英文童谣 *Humpty Dumpty*,出自夏尔·佩罗的童话《鹅妈妈的故事》;Puss in Boots 来自夏尔·佩罗的童话 *La Chat Botte*;Jack and Jill 的名字来自童谣 *Jack and Jill*.

以形成完整而有意义的动作，使情节富于变化，并且使每个情节段落在整体结构上保持连贯。

【思考与练习】

创作一个动画故事脚本，其主要角色须以"团队组合"的形式出现。思考并研究不同性格与角色行为动机转换之间的关系，设计并书写出其中一个对应的故事情节。

第 4 章　动画电影剧本创作与角色塑造

4.1　动画剧本与创作思维

　　动画电影故事与动画角色具有原型的气质。故事总是赋予角色典型化的性格和生活，无论故事发生的地点和时代背景如何，所阐述的事件矛盾冲突总是一种普遍意义上的冲突，这种冲突是能够被所有种族文化背景的观众所接受，并引发永久性的愉悦感。正如罗伯特·麦基所认为，"原型故事挖掘出一种普遍性的人生体验，然后以一种独一无二的、具有文化特征性的表现手法对它进行装饰。如果艺术家切实下功夫去寻找一个原型，压抑的习俗则可能成为轰动世界的素材。原型故事能创造出世界所罕见的场景和人物，令我们目不暇接地去观赏每一个细节，而其讲述手法又能揭示属于人性真谛的冲突，使之得以从一个文化到另一个文化不胫而走"。[①] 故事论述的是普遍的形式，而不是公式。剧作者的创作出发点是以对社会、家庭、人物行为、情感表现等方面的细致观察为基础，创造原型故事并赋予人所未见的细节，令观众产生身临其境的遐想。

4.1.1　动画剧本的叙事结构与角色塑造

1. 故事事件的叙事功能

　　结构是对人物生活故事中一系列事件的选择，这种选择将事件组合成一个具有战略意义的序列，以激发特定而具体的情感，并表达一种特定而具体的人生观。事件或者是人为的，或者能够影响到人，这样便勾画出了人物。对于叙事结构有意义的"故事事件"包含人物个性、情感、冲突、对话、符号化象征等功能因素。观众在影院中看到的是凝练后的"被讲述的故事"。作为丰富多样的生活事件，只有在经历精简与浓缩的过程后，事件内容才能够进入叙事功能。

[①] 罗伯特·麦基. 故事：材质、结构、风格和银幕剧作的原理 [M]. 周铁东，译. 北京：中国电影出版社，2001：4-5.

具有叙事功能的事件能够体现角色生活中有意味的变化，这种生活情境的变化是事件本身的价值所在。故事反映了人类的普遍经验，故事价值是人类经验的普遍特征，因而故事是一种传达价值观的艺术，而不是教化。人类经验中的善恶是非、伦理道德的价值取向是二元的，经常从其中一面走向另一面，即表现为复杂的由善向恶、由懦弱到勇敢、由爱至恨等人类情感和行为的转化。这一转化可以从正面转化为负面，或者从负面转化为正面。罗伯特·麦基认为这种人类经验中价值取向的二元转化特征便是故事的价值体现。因此，"故事事件"必须能够传达价值过程，并能够通过冲突实现完成角色价值转换的功能。

事件有时表现为偶然的巧合，巧合作为一种叙述手法，有它的合理性，但不能作为架构故事的主要手段。偶然事件不是能够制造冲突所谓的"故事事件"。真正的"故事事件"符合内在的逻辑，既能够让观众保持真实感，又不会因走得太远而感到疏远。最重要的是，通过对"故事事件"的设计，完成影片中角色价值取向以及观众情感转换的过程。动画片《兰戈》（图4-1）中改变主人公"兰戈"身份和命运的事件显然是"无意中杀死老鹰"的片段。身份丧失的小蜥蜴"兰戈"，来到荒漠小镇，举目无亲，于是故意把自己"化妆"成传说中"打死七个坏蛋只用一颗子弹"的西部牛仔。一个偶然的机会，"兰戈"由于经历了"无意间杀死老鹰"的事件而受到人们拥戴，被任命为小镇警长。从此，"兰戈"开始了新的生活，他需要在真实的自己和谎言中做一个选择。再也没有如此幸运的偶然事件出现，善良的人们渴望天降甘露，然而世界凶险，恶人当道，"兰戈"开始面临真正的挑战。要找回自己的身份，就要变成英雄拯救世界。再也不能生活在幻觉中，"兰戈"

图4-1 《兰戈》（*Rango*）角色造型，2011年，派拉蒙

挺身而出，用他真正的智慧和勇气，完成了一个英雄的演变过程。为改变"兰戈"命运而设计的"故事事件"看似偶然，却具有转换功能，不是顺其自然的巧合，而是强制性地将"兰戈"推入进退两难的境地。

时间（时代背景和期限）、地点、冲突为角色出场的背景及其行为动机进行界定。在故事进展、危机、高潮、结局这些故事构成元素中，激励事件的设计尤为重要。激励事件进入故事结构中，是后续动作的原始诱因，激励事件的"暴发"也是角色产生行为动机的主要起因。动画片《里约大冒险》中，"布鲁"是仅存的一只雄性蓝色金刚鹦鹉。有一天鸟类学家图里奥来到明尼苏达州"琳达"（"布鲁"的主人）的书店，希望"琳达"能够带着"布鲁"去往里约热内卢与"珠儿"（一只同类雌性鹦鹉）见面。"图里奥造访事件"成为故事的激励事件，也是促成"布鲁"踏上求爱之路的起因。激励事件是动态的，包含了无限的假定性与可能性，激励事件的设定既有对角色内心的揣摩也有对观众预期心理的测度。在浩如烟海的事件中浓缩出一个新颖的具有创造性的事件，需要对事件所涉猎的一般性问题做出归纳，并在动画角色生存空间（历史、背景、期限）的框架内，填充细节并提炼出具有典型意义的"动态事件"。

故事中的一切都不是偶然发生的，角色出现在冲突中，总是扮演了不同目的、不同态度、不同反应的对立一方。正如"图里奥"并没有贸然闯入"琳达"的生活，他的爱情之旅始于作为鸟类学家的义务和责任，始于他极力坚持"让濒临绝迹的鸟儿们交配"这样的目的。角色从哪里来、内部生活和外部生活元素是什么、靠什么生活、价值观是什么、追求是什么等问题建构了角色的生长背景，并限定了角色在故事中的行为。"布鲁"是一只具有典型性格的"问题鸟类"，它并没有英雄梦想和重振家族的愿景。女主人的宠爱让它习惯了咖啡与棉花糖，笼子是它的温床。不会飞的"布鲁"，竟然能够泰然自若地接受窗外鸟儿们的讥讽。"布鲁"的性格特征加剧了"濒临灭绝"这一危险性。"达成目的的唯一途径是要学会飞行"，这让角色的命运走向极端。激励事件的设定，使"布鲁能否学会飞行"这一问题成为悬念，既促成了角色的行为动机，又推动了剧情的发展。

2. 剧本创作的"极简原则"与类型动画

1）"极简原则"——以最少的语言传达最多的信息

"少即是多"是电影创作的金科玉律（Simple Is The Best，简单即最好）。保持简单是最重要的工作原则。不要让你的创意或文章过于复杂，越简单越好，尤其是在动画中。[①]动画电影通常是银幕上的一分钟需要一页剧本的容量，与真人电影类似。在动画文字剧本的写作过程中，应将角色和情感融入叙事结构中，省略不必要的修饰和美化，并注意

---

① 杰弗瑞·斯科特. 动画剧本创作与营销[M]. 王一夫，等，译. 北京：电子工业出版社，2005：21.

语法结构的准确和凝练,用词的情感性以及适度的幽默感,力求创作出简单的故事和质朴的角色,折射生活中真实的情境。

剧作者的意图是传达故事。杰罗姆·布鲁纳在《故事的形成》中写道,"什么是故事?它需要一群角色,他们是具有自己思想的自由行动者。……这些角色对于世界,也就是故事世界的常规状态有着可认知的期待,尽管这些期待可能有些高深莫测。……故事开始于对这种事物的期待状态的破坏——亚里士多德所谓的'突变'"。[1] 故事有叙述者,有接受者,它所传达的是讲述者的世界观,讲述者以他的视角、观点、认知、理解力去解决角色遇到的问题——角色对事物期待状态的破坏境况。然而这种对未知的解决方法,其真实性和准确性很难被确定。故事结果的不确定性往往由类型来"解决",有怎样的类型就有怎样的结果。

由于动画语言的特征和主要受众群的关系,动画片作为娱乐性影片类型(商业片),其创作手段呈现出夸张、幻想、运动无极限等近似疯狂的无规则特质。动画片不是一个严格定义的类型,在诉诸广大儿童与青少年受众的同时,也是一种"很容易地被所有人群欣赏"的电影类型。

杰弗瑞·斯科特认为,从故事角度来看,动画的受众越年轻,其"需要"和"想要"就越简单,越容易融合在一起。成人对角色更感兴趣,儿童(主要兴趣人群)则更关注动作,这是一条普遍规则。但无论从受众群还是艺术语言表现方面,动画片始终遵循"极简原则"——以最少的语言传达最多的信息。在进行故事创作和角色塑造时,应尽力把精力放在如何挖掘人物性格和故事情节的幽默点上,让动画片以其本能的艺术质感来体现特有的魅力。

2)如何看待类型动画的创作限制

任何类型电影的分类都不能明确界定或详尽无遗,所谓"类型"都不是故步自封的而是存在于一个不断演化的过程中,与其他类型产生重叠并相互影响。每一种类型都有自己的常规,类型电影的固有特点,既具相对稳定性、可鉴别性,又有灵活变化的可延展性。类型常规不是金科玉律,各种类型会随着社会的进步和发展而变化,或顺应时代发展其本身的样式,或终止,或兼顾融合变化成为新的样式。故事传达了人类经验的价值观,社会的变化将对价值观产生或多或少的影响,人们对待不同问题的态度变化也将左右剧作者看待人生的方法。类型不是僵死的,它们的生命力在于总是顺应了社会以及对社会态度的变化。对类型的精通可以紧跟社会潮流,研究类型动画片自身的特点以及探索未知领域的艺术语言表现,是剧作者挖掘故事本质以及塑造动画角色的前提。剧作者还需增强自身对周边事物的敏锐观察力及对未来世界发展趋势的预知力,创造出打破

---

[1] 杰罗姆·布鲁纳. 故事的形成:法律、文学、生活[M]. 孙玫璐,译. 北京:教育科学出版社,2006:13.

常规类型的作品，引领观众以一种不同的方式认知现实生活中的角色和故事。

4.1.2 角色塑造与创意发散点

1. 从点子到故事点

点子是一瞬间的简单而模糊想法——灵感。灵感或许是一组形象、一段记忆，或许是一段生活中的"场景"和感悟。"场景"是架构故事的基本元素，故事点即"场景"，是对一个"场景"中所要包含的基本内容的简短描述。从故事点可以找到故事的结构，因此进入故事点的阶段是逐步开始让故事成形的阶段。从点子发展到故事点，可以从动画角色本身开始延展，也可以从场景开始。

故事创作最重要的是从发掘故事中最核心的东西开始，从这个核心点逐渐发散思维。动画电影剧本的创作，其故事的核心点，往往是由一种形象、一组动作，或者是一小段任由此情此景引发的联想和感悟，激发出作者的灵感。在拍摄《幻想曲》中的《胡桃夹子》时，沃尔特开始研究用蘑菇表现东方人的方法，并开始为这个角色构想出各种情节和动作效果。这个点子逐渐变得坚定并获得大家的认可，最终《蘑菇舞》成为影片中一个重要的片段（图4-2）。即使没有故事支撑，这个点子也能引起观众的兴趣。沃尔特说："大家会记住这个，之后只要看到蘑菇，就会想到东方人。"①

图4-2 《蘑菇舞》角色造型，迪士尼

实际上，创作过程中，每一个"点子"的实施，对于电影放映后受欢迎的程度并无

---

① 弗兰克·托马斯，奥利·约翰斯顿.生命的幻象：迪士尼动画造型设计[M].方丽，等，译.北京：中国青年出版社，2011：510.

先期预知。创作灵感产生后，可围绕角色本身，通过扩展情境和添加细枝末节，让灵感分解为能够支撑整个故事的故事点。庞大的叙事体系将建立在这个由故事点架构的骨架上。除了要考虑故事的逻辑性、合理性，还要从塑造角色本身出发，利用角色的行为动机拓展场景，让角色的性格和命运成为故事讲述的重点。另外，在动画电影中，幽默感和充满想象力的设计是不可缺失的重要因素。《怪兽公司》探讨了"儿童的房间独处综合征"以及"打开一扇门就通往另一个世界的异度空间"的问题，没有人事先知道谁会对怪兽开公司感兴趣。然而影片所建立的奇幻世界，充满梦幻色彩的情节和真情实感的角色，为其博得满堂彩。PIXAR工作室在创作前很少能够确定一个清晰完整的故事，而是由导演确定一个灵感，从角色塑造开始，逐渐丰满故事内容。《飞屋环游记》的编剧及联合导演鲍勃·彼德森想到了利用漂浮的房子"逃离地球"的点子。《海底总动员》的点子出自导演安德鲁·斯坦顿在生活中的瞬间感悟。安德鲁十分担忧自己顽皮淘气的小儿子，在他观察自家鱼缸时，想到不妨以小鱼为形象讲述一个关于父子感情的故事。《汽车总动员》的创作初衷来自导演约翰·拉斯特在古老的66号公路上与家人一起旅行时的情感收获。影片并没有着重表现速度和赛车场面，而是通过讲述"闪电麦奎恩"与朋友们在一起的故事，再现了美国新旧两种生活模式和文化价值观的碰撞。《里约大冒险》的故事原型中并没有任何鸟类的影子，在确定了故事梗概之后，一对可爱的蓝色鹦鹉激发了创作者的灵感，成就了"布鲁"和"珠儿"的爱情故事。

　　灵感的产生是创作一个伟大故事的开端。当确立了灵感和一系列情节线索后，可以同时起草剧本和绘制故事板的工作。"以玩具作为动画角色"的点子来自导演李昂克·里奇的一段回忆。他和妻子准备从好莱坞西部的一间公寓搬到帕萨迪纳市，在分拣行李时，他错把妻子最心爱的填充玩具扔进了垃圾箱。妻子因此事十分难过，多年之后仍念念不忘。李昂克·里奇于是想到用《玩具总动员3》中的那个场景——安迪的妈妈把一大垃圾袋的玩具拎到路边的情形，来纪念妻子的那些被扔掉的玩具。编剧迈克尔·阿恩特起草剧本，同时，李昂克·里奇与动画设计师负责绘制故事板。他们为角色和场景添加了大量丰富的细节，例如"玩具们到达新家的那一刻"，为了描绘朋友们刚刚抵达新环境的兴奋感觉，动画设计师创作了大约49 516张手绘草图。《玩具总动员》曾获得奥斯卡最佳剧本奖提名，正是由于影片汇集了创作者及家人的人生体验，才使故事更加真实和容易理解，同时融入真挚的情感，以及角色们丰富的个性和充满幽默感的表演，触动了观众的内心。

2. 角色定位与拓展故事点

1）角色主体与对立体

　　把一个单纯的点子变为内容紧凑、结构精确的故事是一个体系复杂的工程。动画影片并没有冗长的铺陈和太多的故事点,太多的故事点会显得肤浅和仓促。而故事点的信息量是否充足和恰当,正是确定故事结构的重要因素。通常,角色作为动画影片主体,主要角色的行为动机决定了故事总体结构的形成和情节的铺设。亚里士多德认为,"故事的统一并非像有些人认为的那样,以主人公的唯一性为基础,故事的统一来自客体的统一"。任何写作模式都有局限性。动画角色的合理定位是拓展故事点的前提,也是铺设主要故事场景的关键。

通常,角色作为故事的主体和对立体,是叙事中最富有活力的一组,是剧情发展的动力。一般情况下,故事中的主体往往遭受到对立体的干扰。例如,童话、侦探故事、情节剧、喜剧和悲剧都表明,尽管冲突的结局各有不同,主体总是一个遭受"坏人"欺凌的"好人"。另一种情况是主体干扰秩序或附属于对立体,在这种结构中,人物无法支配自己的某种力量,这种力量来自他们身上的一种具有破坏性的占有欲,他们内心的复杂矛盾使他们常常占据多个行动空间。在这些故事中,输出体(价值体系)的干预在矛盾化解时将起到关键作用。[①] 例如,分别扮演具有人性和兽性两种复杂性格的角色。在动画电影中,这种具有复杂性格和价值观的角色设置非常罕见。

2)角色的行为动机与故事情节的发展

动画中有两种基本类型的角色,以真实人物为原型的角色,这类角色与现实中的人物类似;而以动物、植物、非生物等为原型设计的动画角色。这类角色造型则与现实生活中完全不同,其愿望和诉求比较直接,对于角色的定位也相对简单。角色动作也往往表现出夸张、幽默的特征,并充满想象力。如果随意为制造情节而设计角色动机,将缺乏自然动力(引发角色行为的故事动力)。对于这些人为制造的假象,观众将感觉厌倦,故事也必将失去亲和力。一部剧作的动力有三个源泉:主体、对立体和输出体(价值观)。前两者之间的冲突是剧情发展的动力,在情节发展的整个过程中起推动作用。如果这种动力缺乏,人物的对立性就会减弱,没有冲突就不会产生故事……拉乔斯·埃格里将其称为"矛盾的统一"。要创造这种活力,需要三个因素的统一:人物的目的一致、妥协的不可能性、主人公与其对立面之间存在深刻的联系——被"灾难"绑在一起。[②] 无论主客体的矛盾是"目标一致的"还是"妥协的不可能",都要通过场景设计来驱动角色行为,在这些场景中角色的表现或顺利挺进或遇挫不前。剧情设计中,每一个场景的重要价值在于不断推进故事的发展。而角色的行为动机又与场景设置息息相关,在某些情况下,甚至角色出场就能够成为一个"场景",辅助情节的进展。

3)角色性格→行为动机→场景设置的线性模式

行为动机与角色性格有关,任何一个动画角色无论多么简单都有自己准确的观点。

---

①② 皮埃尔·让. 剧作技巧 [M]. 高虹, 译. 北京: 中国电影出版社, 2004: 26-27.

如《猫和老鼠》中"汤姆"就想抓住"杰瑞"。《小鸡快跑》中,"金吉"一心想逃出鸡舍。《机器人9号》中的"9号机器人"(图4-3),最想知道自己心脏的秘密。即使以真实人物为原型的角色设置在较为复杂的情节关系中,也可以用简单的一句话概括角色的性格特点。《超人总动员》的一家成员,各怀绝技,其中"鲍勃"是一个力大无穷、生性勇猛并充满职业抱负的超人特工。"海伦"是一个肢体能无限伸展、温柔善良,并能够在家庭生活中尽职尽责的女超人。他们的三个孩子则分别是冲动型(善隐身)、奔放型(有速度)、可爱型(能量潜力无限)的小超人。角色特征是粗鲁莽撞、机警敏捷,还是优柔寡断、勇往直前,简单的性格设定决定了他们的行为特点。

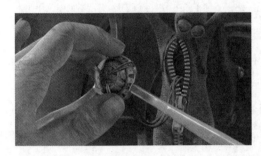 

图4-3 《机器人9号》(*Nine*),9号机器人,2009年,焦点电影公司

《超人总动员》中,"鲍勃"辞去超人特工的工作之后,在一家保险公司得到一份小职员的工作,回家后需整日面对正处青春期叛逆的儿女,而最小的儿子尚嗷嗷待哺。"鲍勃"厌倦了平淡无奇的家庭生活,于是他要瞒着妻子偷偷寻觅重返超人世界的机会。终于"鲍勃"的动机被"坏人"利用,最后他不但自己陷入骗局并殃及家人。"鲍勃"→力量型、勇敢、鲁莽→被迫离职→不满平庸→蓄势待发→被人利用→落入陷阱。在故事进入高潮阶段的前景铺设中,主人公"鲍勃"的行为动机完全由他的性格决定,主体→性格→行为,这种线性模式的发展是通过故事场景的设置完成的。场景是故事的基本元素,不同场景的设置构成了故事的骨架结构。如果场景不能够支持故事的发展,这种设计将毫无价值,甚至会导致故事节奏放缓,令观众感觉乏味。《超人总动员》设计了这样两个场景(图4-4)突出"鲍勃"在不同境况中的性格和情绪。离职前的"鲍勃"在街头执勤:"鲍勃"帮助老妇人救她的小猫(小猫抓住树枝不肯下来,"鲍勃"心急之下

图4-4 《超人总动员》(*The Incredibles*)超人特工"鲍勃"辞职前后判若两人,2004年

将大树连根拔起）；离职后的"鲍勃"在一家保险公司工作："鲍勃"帮助前来求助的老妇人，竟招来公司老板的厉声指责。这两个场景使用了夸张和对比的手法。

（1）夸张——捉住小猫可以不用拔掉大树，然而"鲍勃"眼看着远处坏人们正在逃窜，而自己却在这里"捉小猫"，十分焦急。

（2）对比——原本身材魁梧的"鲍勃"进入中年，家庭生活的"历炼"让他变得肚大腰圆。蜷缩在窄小的办公室里，还要时常忍受被一个鼹鼠般矮小的老板无理谩骂。

这些场景设计运用视觉语言的夸张与对比，塑造了一个力大无穷、恪尽职守、行为鲁莽却心地善良的城市超人形象。现实社会中，超人的理想不断遭到质疑，无限能量于一身竟无处释放。影片表现"鲍勃"压制自己情绪的场景设计有几处，其中最典型的是"鲍勃下班回家停车"的场景。心情抑郁的"大力神""鲍勃"无意中弄坏了车门，一气之下把小汽车举过头顶，忽然，"鲍勃"发觉邻家"骑三轮车的小男孩"在自己身后观看，于是强忍愤怒把小汽车轻轻地放在脚边。影片结束前重演了"鲍勃"与这个小男孩的场景，当"鲍勃"重新找回做超人的自信时浑身充满了真正的力量，再也没有表现出过激的举动。场景过渡非常自然，不但实现了交代剧情发展的功能，同时也增强了故事主题，并进一步塑造了"鲍勃"这个角色形象。

每一个场景都是叙述链条上的一个节，它又由一个或多个事件组成，这个或这些事件又组成了一个基本单元。每一单元相对于整个故事有自己具体的功能，哪怕很小，对于整个作品而言也是有重要意义的。[1] 不同的事件引起情节的波折，使剧情向结局发展。场景的展开使角色动机成为可能，然而如果场景脱离了整个故事的叙事体系，就会丧失本身的意义。对于角色的行为动机的正确把握能够促使每一场景在故事中完成它自身的叙事功能。主体→性格→行为模式成为不断推进故事发展的动力。

4.1.3 剧本创作的可视化

1. 动画表现形式对剧本创作思维的影响

动画电影是视觉艺术。真人电影需要用摄影机拍摄出"真实"的效果，动画电影中所有的视觉呈现形式都是想象出来的，剧作者要用画面表达"真实"的故事。作为思想、情感、情绪的一种表达方式，图像在本质上是一种被设计出来的概念。动画电影剧作者要记住的一点是视觉形式在故事、思想和美感的表达上与描述和对话具有同等重要，甚至更为重要的地位。因此，动画剧本作者要掌握大量能够与图像表达相结合的叙事策略，其中最重要的一个是类别（概念）。[2] 类别具有标志性特征，不同的动画类别由于表现语

---

[1] 皮埃尔·让. 剧作技巧 [M]. 高虹, 译. 北京：中国电影出版社, 2004：74.
[2] 保罗·韦尔斯. 剧本创作 [M]. 贾茗葳, 马静, 译. 大连：大连理工大学出版社, 2009：62.

言的不同，因而具有特定的叙事结构和模式标准。一旦类别确定下来，其动画语言的特征和叙事结构便具有既定的发展模式，剧情和角色被重复、改编、创新，甚至在不同类型间相互结合并产生新的参照模式。剧作者可依据动画类别设计剧情，设计笑料和桥段。

不同类别、不同风格的动画电影具有不同的视觉表现形式，动画表现形式和制作技术对影片最终画面效果产生直接影响。因此，在剧本创作之前要确定动画制作技术、动画素材、制作方法和流程，并在这个基础上，形成以视觉形式为参照和依据的创作思维，确立中心主线与故事情节。

动画电影的拍摄将文字剧本作为依据，分镜头台本则以图形和信息注释的形式诠释了文字剧本，其准确性甚至能够达到完全代替文字剧本的程度，因此分镜头台本成为绝大多数动画电影最终拍摄的直接参照。创作优秀的动画电影剧本要记住两件事：首先，必须记住这是一种视觉的艺术形式，因此要在适当的地方突出有美感的景象、惊人的动作效果以及真人电影中不可能发生或成本太高的事情；其次，剧本中要有更多"指导性语言"。所谓"指导性语言"是指以镜头语言为文字剧本的主要创作思维，并在文本中提示关于镜头及场面运动的信息。可见，动画电影剧本的创作思维是一种视觉的、运动的、带有画面感的思维模式，创作中既要考虑画面的美感，又要考虑以视听语言的运动模式去表现叙事。

对电影画面语言的思考可称为"美术思维"。美术与电影都是视觉艺术，但具有本质的区别。美术作品表现了事物的瞬间，表现了时间上的一个点，空间上的一个面，是静止的。电影通过连续拍摄和放映，把无数个瞬间的"点"和"面"连接起来，形成一个模拟真实的"电影时空"，表现的是事物的"运动"。动画电影中故事的线性发展、故事主题的逐渐揭示以及动画角色的性格变化、行为动机以及运动等"运动"本质，都是在"电影时空"的限定中表现的。因此，在表现方式上这种时空结合的运动性是电影思维与美术思维的显著不同。电影思维决定了动画电影的内在与外在结构，美术思维则决定了表现风格与形式。动画电影的创作思维首先必须是电影思维，是运用电影语言进行创作的艺术思维。动画片既然是"画"出来的，当然也离不开美术思维。这就形成了动画片创作的特殊性：既需要电影思维，也需要美术思维，二者缺一不可，却又有主次之分。[①]电影思维在创作过程中是首要的，占主导地位。动画设计中的造型、色彩、构图等创作手段是为表现电影思维而存在的。电影思维借助于美术思维完成角色、场景、镜头变换等创作过程，美术思维又为电影思维提供了丰富的表现手法具有反作用。

2. 剧本的可视化与"运动"

动画的"运动"是主观的运动，这种"运动"来源于每一格画面之间的细微变化，

---

① 曹小卉. 美术思维·电视思维·动画片 [J]. 中国电视，2000（1）.

是靠想象力创造出来的。任何能够想象到的东西都可以通过动画表现出来，正是这种创作原理赋予动画电影以独特的艺术个性和魅力。动画中的"运动"同时体现出"动画时空"与"现实时空"的逆反性与奇幻性。动画不受物理法则的约束，无须模仿现实生活的真实，不追求运动的真实感，而注重画面的表现力。

"运动"除了表现在电影画面中，同时也表现在故事的叙事方面。动画电影的画面本身具有象征意义，这是由于动画角色造型、场景设计等元素各具独立的表意性，使画面成为故事内容的外化形式。因此，动画电影剧本的叙事语言受到画面语言的影响，通常以夸张、幽默的运动思维去创作。动画角色造型、场景设计等前期设计环节决定了画面的整体视觉效果，体现了创作者的主体性，而不是对现实的客观复制。

在剧本创作中，只有"运动"才会产生兴趣，可以从吸引观众的某个场景开始构思，表现角色动作和场面运动都是增强画面表现力的方式之一。运动是现实生活中的真理，"物质是运动的。"这是一种生存机制，每种生物都会对运动感觉发生兴趣，无论是通过视觉、听觉还是触觉。音乐或者艺术作品中的运动同样会引起兴趣。相反，不运动就会产生厌倦感。"所有形式的叙事都是一种所希望的和实际发生的事物之间的辩证关系。一个故事要成立，必须发生某种未能预见的事情。"① 不可预见的运动比可预见的运动更让人感兴趣，动画语言的特质决定了观众对动画的接受心理，他们并不能直接认同动画世界与真实世界的同质性，而是本真地期待一个虚幻的世界，并做好接受一切出乎意料的喜剧性事件的准备。在叙事中，用"运动"的思维和语言去塑造角色表现场面，能够在这个过程中创造出观众期待中的奇幻世界，产生期待与真实的落差。

为了让故事有意思就需要让它保持运动。但并不是增加动作场面就可以强调画面的运动感，单纯的物理运动并不能维持故事本身的运动，即使充满打斗的激烈场面，场面功能也并没有增进故事的叙事。用事件或事件的顺序来安排故事情节，而这个顺序必须符合逻辑，这就意味着它必须遵循合理的或是可行的因果关系。剧情安排最基本的原则就是符合逻辑，要写出好的故事就必须符合逻辑。逻辑可以被定义为"一组或一系列能够建立有效条件、正确预测结果或解决某个问题的事实的组合"。因此，好的故事的场景序列会产生某种预期效果或者有效地解决某个问题。这种事件间的逻辑递进关系可以造成故事叙事的"运动"。故事是"运动"的，无论从剧作角度看还是设计角度看，剧本创作具有可视化特点，而剧作思维中的"运动"形式与故事以及动画角色的"运动"特性形成密不可分的关系。

---

① 罗伯特·麦基.故事：材质、结构、风格和银幕剧作的原理[M].周铁东，译.北京：中国电影出版社，2001：12.

4.2 剧本结构与角色塑造

4.2.1 结构的内在本质与外在形式

结构的本质是一系列事件的有序排列，角色对未知生活所做的选择构成一系列事件。这些事件实际上是由角色的行为动机引发的。结构既是时间、空间、角色、事件等文本的组织序列，同时也构成观众对于叙事文本的感知序列。在主要的叙事结构类型中，戏剧式叙事结构以冲突为核心，戏剧性的场面结构为基本叙事单位，故事为主，角色则从属于故事情节。戏剧式叙事结构体现了明确的因果关系，剧情易于被领悟。动画电影多以儿童、青少年为主要受众群，因此主流动画电影通常以戏剧式叙事结构为主。

1. 结构与情感表达

关于写作艺术的基本法则，柏拉图认为是"在统一中找到和表现多样性"。由于过分的多样性分散了人的注意，就应该按照一个指导原则加以组织，使之有序。这个原则就是整体的统一性。故事的特别之处在于独特的叙事手段和信息传递的方法，叙事的差异造成信息传达的强弱变化。剧本的核心基础（统一）由命题和主题构成（统一中的多样）。但叙述（统一）又是不可避免地按照三个顺序实现：铺垫、中心环节和解决（统一中的多样性）。其中每一部分（统一）由包括基本单元（多样性）的不同剧情组成。两者都不是自由扩散的，而是受必要性和真实性的约束（多样中的统一）。[①] 叙述的统一又可以通过角色完成，故事主题与角色命运相结合塑造角色，用角色带动剧情的发展。

不同的剧作思维方式能够影响不同的故事结构法。动画故事具有相对的灵活性，剧作者可以通过极其个性化的、不同风格的创作思维进行创作，任何思维方式都适用于动画。然而无论什么风格，动画角色的形成总是与剧本的整体结构有关。角色的行为动机与情感变化促成角色自身成长的方式。角色诞生后，就要挖掘其内心世界，并围绕角色心理创造行为动机，逐渐丰富故事情节和结构。通过赋予适当的性格、行为以及制造戏剧化的冲突事件使角色鲜活起来。这是一种以角色为中心向外发散的思维模式。实际上，观众总是不断地将自身与影片中的角色进行对照，产生心理的认同和期待。故事结构具有节奏感，伴随着动画角色的成长，故事的情感增长机制使观众逐步认可剧情的发展。

2. 实验动画的启示意义

实验动画影片的结构通常采用明确的、非线性的结构，以探索新技术、新方法、新思维为主要目的。实验动画结构更多使用反传统的叙事模式暗示出故事结构，影片通常

[①] 皮埃尔·让.剧作技巧[M].高虹，译.北京：中国电影出版社，2004：84.

不以对主题的理解作为诠释方式，不强调故事性，而是以基本结构为依据，探求蕴藏在艺术形式、符号、色彩、声音等元素中的象征、暗喻、虚构的深层意义。实验动画通常不使用传统剧本，而是由艺术家直接介入影片制作的全过程，凭借直觉完成整部作品。实验动画影片的结构形式与艺术语言对传统电影的主题诠释和情节表达方面具有积极的借鉴意义。例如《罗拉快跑》(*Lola Rennt*)、《杀死比尔》(*Kill Bill*)等故事影片中，运用动画短片形式表现故事的时间、空间结构以诠释主题，如图4-5所示。

图4-5　动画在真人电影作品中的应用：《罗拉快跑》《杀死比尔》

抽象类动画的剧本创作可以被看成对非客观和非线性的图像的超限度发挥以及对颜色、形状、形式、尺寸等具体参数的象征性探索。[①] 实验动画影片的设计前期与制作过程通常由艺术家个人完成，艺术家同时需要担当编剧和导演的角色。他们认为剧本属于形式上的指示和法则，更倾向于直接用图形或符号等手段描述画面信息，如图4-6所示。麦克拉伦擅长使用"点"与"线"的符号语言（图4-7），他认为线是动作的内在指示，是描述空间维度概念的标准方式。剧本则被认为是提供"解决技术和视觉问题的记录形式"。麦克拉伦使用针刺、铅笔刀或剃刀刮擦底片的方式直接在覆盖着感光乳剂的黑色电影胶片上创作，如图4-8所示。影片中的图像序列以及抽象性的视觉传达几乎在制作过程中同步完成。在胶片上直接绘图和上色的过程并不是随意而为，而是一种在对参数和预期结果进行规划的前提下的创作。对不同观看方式的测度是抽象类表达方式的核心。这种独特的创作方式的特点在于，以观众观察和感知图像的原理为依据，从个人的角度出发解析客观存在的意义，传达了艺术家潜在的意识与内心直觉，赋予影片以最单纯的美学价值。可见，在实验动画影片中，抽象故事的剧本形式与传统故事相比，具

---

① 保罗·韦尔斯. 剧本创作 [M]. 贾茗葳，马静，译. 大连：大连理工大学出版社，2009：83.

有任意性、非现实性、情节的不连贯、开放性结局等特点。

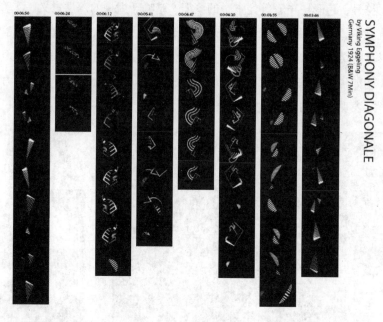

图 4-6　影像结构与符号数据分析（*Symphonie Diagonale*，1924，Viking Eggeling）王筱竹

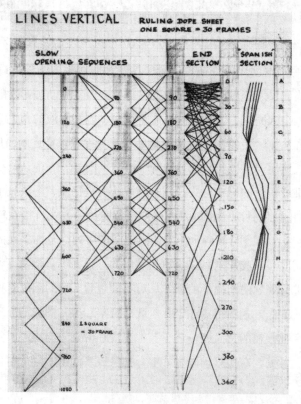

图 4-7　在动画作品《垂直线》中，麦克拉伦用"线"架构音乐

图 4-8 诺曼·麦克拉伦直接在胶片上创作（刮擦底片与上色）

抽象性动画的故事逻辑在于，用其特殊的结构组织方式，根据观众对影片叙事关键点和联系点的不同反应，探求其自身的物质性、表达模式和物理法则，以此产生预期效果。通常，抽象类动画完全排斥传统动画的条条框框，或是嘲笑、批判这些规矩。建立这些规矩的前辈们也是在努力地革新前人留下的东西，有时他们会借用一些反故事或无故事的方法来推陈出新。另一方面，反故事或无故事影片的制片人则不断地从更荒诞怪异的讲故事模式（包括童话、神话和寓言等）中吸取灵感。[①] 内省类动画剧本的创作同样采取反故事的叙事方法。这类动画倾向于改变声音和图像的参数来捕捉意识的内部形态，例如，表现记忆、梦境、幻想以及不同性状的精神和情感体验等。内省类动画主要是在研究和探索图像符号的表现力的基础上，通过图像信息传达无法言表的情感，并能够使观众理解画面所呈现的内容和意义。

4.2.2 动画电影剧本的节奏

1. 情节点与节奏

节奏（rhythm）这个词源于希腊语（rhythmo），意为把时间跨度划分为可以被人感知的段落。是一种物理的时空运动在心理上产生的运动节律感，具有规整、均匀、稳定协调的特点，表现为呈周期性出现的节律律动。一切事物都有自己运行的时空规则，这种在特定时空中产生的运动规则就是节奏。世界万物都有节奏，如日出日落、昼夜更替、风雨雷电、草木枯荣、四季转换等都是自然界的节奏现象。节奏这个术语广泛应用于诗歌、

[①] 保罗·韦尔斯. 剧本创作 [M]. 贾茗葳，马静，译. 大连：大连理工大学出版社，2009：83.

绘画、音乐、舞蹈、雕塑、建筑等艺术领域。在动画创作中，角色运动、画面构图、色彩运用、镜头剪辑等都可以产生节奏。例如，动画大师诺曼·麦克拉伦在创作视觉音乐时，把音乐形式的结构和规律视为可以进一步图解和说明的原始剧本。他不仅把这种方式视为感知体验的行为，并且还把它视为研究文本形式与视觉形式之间关系的一种模式。故事叙述的节奏就好像音乐的节奏一样，它是循环的波。①

塔可夫斯基对于节奏的说法是："电影影像最有力的决定要素便是节奏——呈现于画面之内的时间。"节奏于电影中则表现为镜头画面所呈现的时间上的律动感。动画剧本中的节奏是指"场景或故事发展的速度。"尤其在剧情片中，情节是构成节奏的若干视听元素中能够支撑起整个故事的核心部分。情节通过镜头语言得以表现，并在沿着情节线向前不断推进的过程中，产生张弛有度的节奏感。故事的戏剧性、充满感情色彩的笑料设计等其他元素都能够影响叙事的节奏。总的来说，节奏与动画类型有关，不同类型的故事节奏有不同的形式和变化。例如，《猫和老鼠》等充满笑料的闹剧类动画片的节奏通常比较快；在以低幼儿童为主要受众的作品中如果节奏太快，则容易导致画面信息不被理解和接受。喜剧作品的节奏与笑料的内容以及出现的频率有关，在结构上较难控制，如果故事发展过快，不能起到预期的效果。② 另外，运动场景的节奏较快，而悬念设计的节奏则很慢，以引出场景的紧张气氛。

正如光影、明暗、色彩冷暖的对比在电影画面中产生层次，而使镜头组接和切换的运动造成视觉上的节奏感，故事段落中的情节点和内容转折点的设计则造成戏剧性动画电影的情节节奏。在戏剧性结构中，情节点和转折点错落有致，成为故事情节线上的"关节点"。这些"关节点"在故事的线性结构上起到充实内容和渲染气氛的作用，它们按照故事发展的内在逻辑秩序而运动，并产生波状起伏的视听节奏变化。情节节奏的逻辑性，体现在对情节推进的速度掌控上。情节推进的速度快，往往就意味着节奏快。节奏的快慢不仅体现在特定镜头的长短所表现的物理节奏的速度快慢。只有把主题情感渗透到这种物理节奏中，才会形成特定的意境节奏，这种意境节奏作用于观众，才会产生特定的感知节奏。感知节奏的效果相应产生疏密张弛，则说明意境节奏发生了作用。③ 观众对电影画面的感知表现为如同琢磨文字的意义一样去理解电影语言的含义。爱森斯坦认为，"电影画面将我们引向感情（即感染活动），又从感情引向思想"。④ 电影画面再现了现实并触动观众的感情，进而产生思想和道德意义。而电影画面具有多义性，单靠电

---

① 杰弗瑞·斯科特. 动画剧本创作与营销 [M]. 王一夫，等，译. 北京：电子工业出版社，2005：38.
② "通常在一个笑料前会有沉静的部分做铺垫，笑料之后也有沉静的部分让角色做出反应。如果故事发展过快，便没有时间让观众来发笑。" [美] 杰弗瑞·斯科特. 动画剧本创作与营销 [M]. 王一夫，等，译. 北京：电子工业出版社，2005：122.
③ 范志忠，马华. 影视动画编剧学 [M]. 杭州：浙江大学出版社，2009：144.
④ 马塞尔·马尔丹. 电影语言 [M]. 何振淦，译. 北京：中国电影出版社，2006：10.

影画面并不能让观众看到剧情在时空中如何展开,而恰恰是剧作者对剧情和节奏的组织与控制,才使观众看到了组接后产生的具体鲜明的画面意义。

2. 逻辑节奏与主题表现

动画通过视听语言影响着观众的思维和情感。情节节奏点的分布与变化首先应该与观众思维节奏的逻辑吻合,并在这种基础上引导观众的情绪变化。这种情节的逻辑节奏还体现在故事结构的空间排列上,节奏点的空间排列涉及整部影片的布局,可根据主题的需要,通过构成内容的逻辑关系设置和排列情节点,形成叙事秩序。例如,《埃及王子》讲述的是"摩西"与埃及法老"雷明斯"之间的故事。"摩西"是长在埃及王宫中的希伯来人,与兄弟"雷明斯"情同手足。长大后的"摩西"受到神的指引,他必须履行自己的使命去拯救沦为埃及奴隶的希伯来人。故事的情节矛盾冲突极为复杂,既有信仰的、社会的冲突,又有人物之间的冲突以及人物内心的冲突。影片虽然讲述了人物之间的矛盾斗争,但并没有一味凸显这种敌对情绪,而是围绕着最主要的戏剧冲突——信仰的冲突,通过两人之间的情感关系来铺设情节点展开叙事,这些情节点相互穿插形成错落有致的情节节奏。

在影片中,"上帝的每次出现"都加剧了故事的节奏。为情节设置制造了神秘、紧张、不安和恐惧的气氛,此时故事节奏紧张而迅速;"摩西"去王宫试图劝解"雷明斯",当他们回忆起幼年往事和兄弟情谊时,人物表情、动作舒缓,节奏也舒缓;当"雷明斯"痛失爱子悲泣床头,终于无法抗拒上帝的意志而濒临崩溃时,他无力地扶着墙,镜头运动也缓慢下来;"摩西"带领受难的希伯来人逃出苦海,法老的追兵与聚集在一起的庞大队伍形成紧张对峙,这一情节将故事引向高潮,节奏极快;当"摩西"在海水中高举木杖,向上帝祈祷时,节奏暂缓;神火飞向追兵,海水中巨浪裂开,官兵被海水冲走,此时节奏极端强烈,形成故事的高潮;"摩西"引领百姓穿过海底抵达彼岸,海边孤独的"雷明斯"悲凉地呼唤与"摩西"深情地遥望,此时节奏变缓;"雷明斯"跪在岩石上,无力地呼喊:"摩西……""摩西"低声呼应着:"别了,哥哥!"《埃及王子》结合人物间的情感张力与情节的张弛形成一种递进式的节奏,用这种逻辑节奏强有力地表现了故事主题。

伯格曼说,"电影主要是节奏,它在段落间呼吸"。节奏既能表现时间上的张弛,也能表现情感上的张弛。人的呼吸、心跳、脉搏都有一定的生理节律,有快有慢、有张有弛。一切艺术作品都有节奏,正如文章有段落、句子、标点;小说分章节;戏曲分析;话剧分幕;交响乐分乐章。艺术的节奏与人类生理、心理、情感节奏密切相关。[①] 节奏具有时间和情感因素,故事中的节奏除了表现在结构上的张弛,更重要的是用节奏表现

---

① 凌纾. 动画编剧 [M]. 武汉:湖北美术出版社,2008:87.

出喜悦与悲伤情绪的两级跳跃。视听语言的抑扬急缓、故事情节内容的虚实，剧情推展的有序化等都能够产生节奏。通常，动画分镜头台本完成后，往往需要整体审视画面中的故事结构是否具有节奏感，开端、发展、结局是否在时间和速度的控制上有利于主题的传达。因此，在文字剧本的写作阶段，就要把握好故事的整体节奏，只有将叙事结构和主题传达两方面同时控制得张弛有度，才能让剧情的发展充满动感，使故事具有感染力。

3. 节奏的文字表述

动画电影剧本的写作遵循"简单原则"，写作中除了要将剧作者的意图表达清楚，同时也要考虑阅读者的感受。在剧本的写作中，节奏是受到在描述中所使用的词汇的水平、场景中所要求的观点数量和对白的数量影响的。[①] 剧本文字中一半为描述性语言，另一半为对白语言。所使用的词汇量对剧本的节奏有相当的影响，从阅读的角度来说，词汇越多剧本的节奏越慢。掌控节奏的一个规则就是，尽可能地用更少的词汇描述场景和事物。杰弗瑞·斯科特在《动画剧本创作与营销》一书中给出一组关于节奏描述的文字作为对比。

（1）山姆飞速从房顶上跃起，伴随着抖动的皮衣他掏出了手枪。他从空中落下，在他还没落地之前快速打出的几发子弹就已经击倒了强盗。

（2）山姆从屋顶跃起，掏出了手枪。在他落地之前成功地击倒了强盗。

以上两种描述方式描写了同一个 3 秒的动作场景。第一个描述在文字长度上是第二个描述的两倍。杰弗瑞·斯科特指出，添加"动作形容词"虽然可以增强角色动作的速度感和刺激感，但剧作者忽略了阅读者的感觉。实际上，剧本中的文字同样产生节奏。剧本文字所产生的节奏感并不是通过词汇，而是文字结构的"节奏感"。[②] 在将内容表达清楚的基础上，应该用尽可能少的词汇来描述想要读者看到的内容。在文字表述中，场景的切换、人物的切换、镜头角度的切换都会影响剧本的节奏。因此，确定剧本节奏的是剧作者所要努力传达的内容，"要让它快到无法转移"。

"动作和语言定义了一个人"，对白体现了角色独特的表达方式和对待生活的态度，观众通过对白能够了解角色，因此对白设计必须时刻体现角色的性格。另外，在创作时须尽力猜测观众的看法（针对不同受众群的设计），以他们的角度设计对白，让对白语言真实可信。文字中过长的对白同样会使剧本的节奏变慢，无论何种对白都应该尽可能地短。动作比语言更有说服力，只有在必要时才通过对白传达内容，如果可以通过动作

[①②] [美] 杰弗瑞·斯科特. 动画剧本创作与营销 [M]. 王一夫，等，译. 北京：电子工业出版社，2005：122.

表达，就不需要对白。

动画电影中以节奏紧凑、悬念起伏的剧情片居多，另外也有一部分影片采用非戏剧化叙事结构类型。如《龙猫》《麦兜故事》《我的女孩玛丽》等动画影片基本遵循常规的叙事原理，具有起承转合的完整故事情节。其剧本的写作通常以散文式、小说式的文体表述"非情节化"的故事为主。《龙猫》讲述了女孩"梽月"和妹妹"小米"在乡村中遇见精灵"龙猫"的故事。影片风格清新恬淡，充满幻想与惊喜，其剧本的情节构思也带有小孩子才有的无拘无束的思维特点，《龙猫》部分剧本内容如下。

（梽月家外、日、外）

拖拉机一路驶过。

父亲：到了！

梽月着急地跳下了车。

小米：啊，等等！

梽月：这里有桥。

小米：桥？

梽月：鱼！你看，又闪了一下。

父亲：怎样，喜欢吗？

梽月：爸爸，好棒！树的通道。

全家人急切地朝家奔跑。

梽月：那房子？快点。啊，真烂的房子！

小米：烂！

梽月：好像鬼屋。

小米：鬼屋？

他们围着屋子转着。

梽月：坏掉了！

小米：坏了！

姐妹在草地上嬉戏。

无意中发现了树丛中的一棵大树。

梽月：快看，啊，真大。爸爸，好大的树。

父亲：啊……那是楠木。

梽月：楠木。

小米：楠木。

从《龙猫》的剧本风格可以看到影片的整体节奏，字里行间有一种松散、平静、充满孩童气息的梦幻感觉，既朦胧又美丽。妹妹"小米"模仿和重复大人说话的样子，映衬出她的幼稚可爱，通过简短的对话，孩童般的纯真感觉便跃然纸上。好的剧本，其文字架构的节奏同样能够唤起阅读者对故事情节的猎奇和探索，使他们在阅读文字的过程中就能感受到故事的情境以及观众的审美预知。

4.3 角色塑造与艺术审美

4.3.1 电影画面语言

1. 画面的形象价值

动画电影美学存在于电影本体的美学理论和审美范畴中，既有可借鉴之处又存在本质的差别。吕西安·瓦尔认为"有许多影片，从剧本看，是过得去的，导演也无瑕疵。演员也有才能，但是这些影片毫无价值"。这些影片缺乏的就是"灵魂"或"吸引力"，即"存在"的东西，法国导演阿贝尔·冈斯说过，"构成影片的不是画面，而是画面的灵魂"。[①] 动画电影画面所展示的是依据文字剧本和动画分镜头台本而创作的最终效果，体现了集体创作的智慧与情感。其文字剧本的创作尤其受到动画电影制作方式的影响，从"点子"到故事的完形是在不断探讨与反复修改的过程中完成的，其文本语言的简洁与视觉化又要求剧作者对电影画面语言的特质有深刻的了解。如何用画面语言塑造角色、叙述情节、表达情感，如何令观众通过电影画面理解角色、产生联想和感悟，需要在故事创作之前经历这样一个思维过程——将文字语言转换为画面形象语言，再用画面语言去解构故事，最后用文字写出电影画面的感觉。

与文学作品不同，电影的画面构成需要运用电影语言。电影语言有其相对的独创性，在形成过程中，电影技术和表现手段起到重要作用。电影画面是一种具有形象价值的具体现实。对于动画电影来说，画面语言比文字语言更重要，体现在用画面语言对文字语言的阐释的高度概括性上。动画电影的画面语言包括构图、场景设计、光色运用、角色动作设计、场面调度等视觉要素。优秀的动画影片总是以最简洁、最概括的画面语言传达剧情，在审美范畴内让角色与叙事进入表现主题思想的形成过程，呈现出动画电影画面的美学意义。如何赋予虚拟的动画角色以"灵魂"，除了体现在文本对其性格和行为的塑造方面，更重要的是表现"画面中的灵魂"。

---

① 马塞尔·马尔丹. 电影语言 [M]. 何振淦，译. 北京：中国电影出版社，2006：8.

2. 画面的表现力

让·爱浦斯坦说，"电影画面始终是鲜明的、丰富的、具体的"。电影画面的基本信息和特征形成了故事存在的基础，这一点由电影的制作过程所决定。电影画面是一种具体现象的再生，具有现实性和客观性，这是其基本特征中最重要的一点。马塞尔·马尔丹认为，"能客观地重现现实这一特性使电影画面具有两种基本特征。首先，电影画面是事物的一种单义再现……电影画面具有一种自然的现实主义表现。其次，电影画面的另一特征是它始终是现在时的"。[①] 夸张、变形等表现形式使动画电影画面呈现出超现实主义特征。画面是表现时空转换和叙事结构的主要视觉元素。动画电影故事是在不同镜头的分切与组合过程中构建起来的，其画面中的"运动"形式和音响设计在营造氛围和塑造角色方面呈现出夸张、幻想等特征，而在表现多重时空结构和故事情节时则体现了强调现实感的功能性。

3. 画面情感

画面传达了文字剧本中的抽象含义。动画电影画面具有符号性和象征性特点，观众意识的参与在很大程度上完成了断层语义的链接。而画面则在这个关键的思维链接中起到了促进作用。与文字功能不同，画面含义指代在有限时间内的情境和角色行为，因而十分具体和明确。例如，《超人总动员》里的超人一家，是指这个辞职后成为保险公司小职员的"鲍勃"的家，而不会映射出所有与超人身份有关的普通"家庭"含义。只有当观众的思想被富有真实感的画面内容所打动，才能被画面间的切换和碰撞激发出新的理解和情感。影片中"鲍勃"的家充满了对当下生活不满的情绪。影片用画面的真实感去讲故事，塑造角色，以此表现出"鲍勃"一家成员之间的矛盾和紧张关系。

电影画面是一种具有感染价值的美学现实。艺术形象是非现实的，电影画面是经过创作者加工之后的银幕形象，体现的是个人观察世界的结果。在真人电影中，电影画面尤其受到导演对电影制作意图的影响，观众最终看到的是个人的理性思维和情感体现。画面具有情感转换功能，电影通过画面语言将隐藏于故事中的真实情感呈现于屏幕上。马塞尔·马尔丹认为，"在美学上（根据字源学而定的，因为在希腊文中，美学就是感情、感觉之意），电影画面的作用是强烈的，这是由于画面可以对原来的现实进行各种纯化和强化处理"。[②] 他同时指出，音乐和人工照明的非现实性、不同的景别和画面构图、摄影机的运动、镜头语言等各方面都是电影画面美学化的决定性因素。

---

①② [法] 马塞尔·马尔丹. 电影语言 [M]. 何振淦, 译. 北京：中国电影出版社，2006.

在电影发展初期，现实主义美学将电影语言看作"表达非现实和超级现实事物的现实主义手段"。甚至，新小说派认为，电影语言恰恰最容易表现"人的灵魂的隐秘"，因为它可以赋予直观的现实性一种"可见的小说的"现实性。[①] 电影是真实与非真实的辩证统一，因此电影画面对于想象具有选择性，能够完美地表现观众内心的梦境与理想。雷翁·摩西纳克认为，"电影画面同现实保持着联系，但它又将现实升华为幻术"。相比之下，动画电影的画面语言则拥有更加丰富的表现手段和表现力，能够灵活自如地使用现实主义与超现实主义手法表现角色和故事。具有丰富变化的构图样式和运动方式的画面可以表达多层含义，制造不同的故事情境，画面功能的合理使用可增强叙事并成为塑造角色的手段。可见，动画电影的画面语言可以使故事更有活力和感染力，它所再现的事件凝练了更多设计中的美。

4. 画面意象

叶朗先生认为，"艺术的认识功能是由审美意象本身的性质所决定的。审美意象必须'自然'，必须具有再现的真实性，这就决定了艺术的认识功能"。意象是艺术欣赏的过程中不可缺少的。意象是电影美学的一个极其重要的"内在"问题，它与电影的复杂艺术结构有直接的关系。电影将画面语言作为"一种有意味的形式"，意象可以说贯穿了电影思维的始终。电影必须创造一个生动的情景，电影意境的产生也源于此。电影思维中的意象产生于艺术地反映现实的特殊方式。

"从审美活动（审美感兴）的角度看，所谓'意境'，就是超越具体的有限的物象、事件、场景，进入无限的时间和空间，即所谓'胸罗宇宙，思接千古'，从而对整个人生、历史、宇宙获得一种哲理性的领悟和感受。"[②] 电影画面与意境的表达有直接的关系，无论艺术形象还是场景，都可以融合在一个引发人们联想的氛围里，这个氛围延伸了它无限的可能性，使它能够间接地表达那些不能直接表达的东西——自由的空间。中国古典美学史倾向的自由并非是"认识论意义上的自由"，而是一种境界论上的自由。冯友兰曾言："在有意境的审美活动中，物我浑忘，外不觉乎有物，内不觉乎有己，天地与我并生，万物于我一体，人会感受到一种大全的境界。"美学家高尔泰说："美是自由的象征。"这种"大全"和"自由"，也正是电影通过意象所要创造的境界。索绪尔认为，"语言符号所包含的两项要素都是心理的，而且由联想的纽带连接在我们的头脑里"。[③] 真人电影通过真实的"记录现实"的过程进行再现与表现，而动画电影则通过陌生化的构型手段塑

[①] B.日丹.影片的美学[M].北京：中国电影出版社，1994：100.
[②] 叶朗.胸中之竹：走向现代之中国美学[M].合肥：安徽教育出版社，1998.
[③] 费尔迪南·德·索绪尔.普通语言学教程[M].高名凯，译.北京：外语教学与研究出版社，2001：147.

造角色、表现故事。其构型过程是一个通过对具体事物的形象与情感的抽离而创作并实现移情效果的过程，情感则成为连接动画角色符号化构型形式与电影画面语言之间关系的重要因素。在剧本的写作过程中，应全面考虑如何将观众的情感因素介入电影画面的意境表达中，让动画角色得到感性升华，使其具有超越形式感的生命体征与情感内涵。

5. 画面与假定性

假定性是艺术固有的特质，不仅是组织素材和动作的手段，还是组织观众感受的手段。创作者将他创作时的经验和认知潜藏于电影语言中，通过场景和角色动作表演的具体表现去引导观众，使观众总能看到或感受到比语言动作所呈现出来的更多的东西。

通过艺术形象的独特个性可以看到共性。电影中的艺术形象总是处于间接联想的氛围里，它的感受力是无限的。因此艺术形象本体也是无限的，它存在着远比它本身（超越形式之外）更加具体的东西。正可谓艺术的独立性体现于"美之价值"存在于"美之自身"，王国维曾用"可爱玩而不可利用者，一切美术品之公性也"[1] 重申审美的无功利性。艺术的目的和任务，就是在于使人暂时超出利害的范围，脱离生活之欲所带来的痛苦。王国维的另一种描述则显示了意象的"间离"效果，"人生远观之则美，身处其中则苦"。创作是一种"向外发现了自然，向内发现了自己的深情"的过程，动画电影带给观众的愉悦感受正是一种"无目的的合目的性"。当我们通过电影塑造角色的生活（包括遭受的苦难）时，会因为悲悯而重新烛照自身生活经历而发现美，但这种间离效果一旦消失，不仅全然失去了美感，更会令自己感到痛苦不堪。动画电影的创作是用感性的"材料"和手段，通过动画的假定性去创造故事的意境，只有在这种氛围里，才能表现出影片内在的东西。

马克·莫尔曾说："真正的动画是真实的或可能发生的事物，甚至是即将发生的事物，加上幻想与夸张。"[2] 动画电影具有高度的假定性。动画语言中各种形式的假定性在电影画面中相互作用，增强了画面信息的饱和度，也增强了影片的感染力。米哈伊洛娃在《论艺术的假定性》一文里指出假定性的正确职能，它"能够提供一种可能性，使人直接感性地把握那种在现实中并不具有个体的、感性的存在的东西"[3]。任何艺术都具有假定性，都包含着一定的概括、选择和典型化的因素。例如，现代照相术（摄影艺术）运用物理、化学的纯技术手段和表现特性能够创造出惊人的造型感染力。B.日丹认为，在电影中"构成影片基础的首先是剧作的假定性，除此之外，是造型构图的假定性。这种假定性也是

---

[1] 王国维.王国维文集：第三卷[M].北京：中国文史出版社，1998：34.
[2] 马克·莫尔.迪士尼传[M].武汉：长江文艺出版社，1996：158.
[3] 米哈伊洛娃.论艺术的假定性[M].莫斯科：思想出版社，1966：245.

（在蒙太奇方面也好，在镜头内部也好）把真实的实景和动作同对'幻觉世界'的风格化的造型处理或者说修饰独特地融为一体"。[1] 动画电影正是通过动画语言赋予角色风格化的造型，用高度概括、夸张的视觉化表现手法，去除情节中偶然和不必要的细枝末节，进而提炼出具有情感特征的视觉要素，用画面表现故事。其电影画面所表现出来的意境和趣味则充满了无限的想象力和创作幻想，扩大了观众审美体验的范围。因此，动画剧作者在创作文字剧本时要同时考虑动画语言的"感性"特质以及电影画面语言的叙事功能，以视觉化的运动思维去构建故事、塑造角色。

4.3.2 角色塑造的感受性原则

1. 观众的认同感与期待

无论故事所创造的是一个熟悉的世界还是未知的世界，观众总是带着先验的理念与期待走入影院。当他们遇到一个全新的角色时，除了需要认同角色的身份，还需要体验故事的可信性。有两条原理控制着观众的情感投入，第一是移情：对主人公的认同，这会将我们拉入故事中，设身处地地为自己的生活欲望喝彩；第二是可信：我们必须相信，或者如塞缪尔·泰勒·柯勒律治所言，我们必须心甘情愿地暂停我们的不信任。[2] 电影画面是现在时的，当进入一个假想中的动画世界时，观众首先会假设这个环境是真实的，同时故事和角色也是可信的，然后才开始欣赏和感受过程。在动画角色塑造乃至事件冲突的设计方面，如果轻易违背了客观逻辑与观众的心理期待，影片中任何细节上的不真实都将引起质疑。因此，虚拟中的动画世界除了要带给观众瞠目结舌的新奇感，更重要的是须触及观众的心灵，使他们在这个全新世界中找到自己、思考自我。

人物的形成主要与剧本的整体结构有关，也与人物本身有关。它不仅像一个抛物线，当主体相对于其自身的情感历程确定功能时，人物形成的方式可能是离心性的，也可能是向心性的，要使观众自己认同故事发展的机制。这两种方式是同步和永久的，观众从中不断将自身、故事的进展和故事中的人物进行对照。[3] 无论从文本角度还是设计角度，如果要让观众认同影片中的角色，就要创造感同身受的情境，增强角色的感受力。角色生命力的形成建立在观众的理解和认同的基础上，观众一旦相信和认同角色，就开始关心角色的命运，期待即将发生的事情。剧作者必须将观众的这种投入状态保持到影片的

---

[1] B.日丹.影片的美学[M].北京：中国电影出版社，1994：109.
[2] 罗伯特·麦基.故事：材质、结构、风格和银幕剧作的原理[M].周铁东，译.北京：中国电影出版社，2001：217.
[3] 皮埃尔·让.剧作技巧[M].高虹，译.北京：中国电影出版社，2004：82.

淡出，让他们相信故事中世界和人物的真实性。

2. 角色与故事的可信性

编剧的任务在于让纸上的故事在有限的电影时间内比现实更具有感染力，通过剧情的铺垫，吸引观众进入故事情节，并对角色的命运产生兴趣，为他们的处境而担忧。另外，角色塑造与故事结构、场景设计紧密联系，通过制造悬念、场面气氛等既能够推进剧情发展，也是促成观众期待感的基本手段。《里约大冒险》（图4-9）的导演卡洛斯·沙尔丹哈是土生土长的巴西人，他用最具代表性的场景和风土人情对"故乡的城市"做了精心的渲染。从影片开场五彩斑斓、万鸟飞翔的丛林到里约热内卢热情奔放的海滨，从舞动桑巴舞的人们和鸟儿们到盛大的节日嘉年华，这些场景中欢腾热烈的气氛，伴随着塞尔吉奥·门德斯制作的 Bossa Nova（Mas Que Nada）奔涌而出，令人目不暇接。与欢乐自由的气氛相对比，影片不同场景中出现的各式鸟笼与"布鲁"不能飞翔的窘况，使观众越发感受到一种势必冲出禁锢的必然向往。米歇尔·豪格说："要让一个令人同情的角色历尽千难万险，翻越重重艰难险阻，最终达成目标，取得胜利。"[①] 爱与勇气可以创造奇迹，但现实生活的残酷禁锢了太多理想，让大多数追求自由梦想的人们等不到奇迹到来的那一天。观众追求自由、冒险、飞翔、爱情的情感一旦被激发出来，他们就会与影片中的角色相依为命，奔涌而出的情绪就会一直伴随着角色的成长而发展。所谓一个成功的结局会使观众感情起伏，失去冷静。当"布鲁"飞起来的那一刻，观众期待中的必然势必转换为美好的情感释怀。

图 4-9 《里约大冒险》（*Rio*），2011 年，20 世纪福克斯

麦基认为讲故事是一种"围绕生活的比喻而举行的仪式"。为了在黑暗中享受这种仪式的乐趣，观众把故事视为一种真实，并对它做出反应。因此，他们会"暂停"对故事真实性的怀疑，相信画面上看到的即是可信的。然而，故事一旦缺乏可信性，移情作用便会消融，我们便感觉不到任何东西。罗伯特·麦基使用了词义宽泛的 authenticity 这个词，强调了写作中的"真实性、可靠性、确实性"概念——"在写作中表现出权威，

---

① 克莉丝汀·汤普森. 好莱坞怎样讲故事：新好莱坞叙事技巧探索[M]. 李燕, 李慧, 译. 北京：新星出版社, 2009: 54.

其效果便是真实可信（authenticity）"。优秀的故事总是表现出可信性，可信性是指一个内部统一连贯的世界，其规模、深度和细节都能前后一致。[①] 剧本是戏剧性的有层次结构的情节故事。在叙事过程中加入强有力的、带有说服性的信息，在这种劝说方式下，观众才能完成移情与沉浸的心理过程。然而可信性与现实性并无关联，赋予故事一个当代的环境并不能保证它的可信性，使用各种叙事技巧才能将梦幻、理想与非现实融合为令人信服的"虚构现实"。场景在加强角色行为的可信度方面具有劝说功能，因此，只有让角色塑造与场景叙事从时间、空间两方面相互融合，这个功能才有意义。

3. 细节刻画与感受性

创意故事的最重要前提是要让观众保持真实感。电影是细节的艺术，电影故事的真实可信取决于细节。对于影片中各环节的细节刻画会让观众产生真实情感，包括对外部社会环境的刻画、场景设计、角色形象设计、动作设计等。创造真实可信性需要从创造角色的情感入手。首先，通过赋予角色可信的行为赋予角色真实的情感。其次，故事本身必须具有说服力。

1）角色行为、动作的细节刻画

每一个动画角色无论多么简单，都有自己观察和对待生活的独特方法。塑造角色时，可以凭借最细微的身体和心理细节来反映现实。对于角色行为的刻画要适度，适度的动作细节刻画可以引起观众的联想，某些缺失环节则可以通过观众的想象弥补。对角色行为和动作的刻画如果过于追求细枝末节，将会导致观众脱离故事和画面，而去关注技术层面，引起猜度而产生不信任感。在剧本创作时应根据具体情境做适当的调整并要注重角色行为和动作的感受性。

动画电影中，很多场景刻画关注于对角色日常生活的阐释。实际上，无论是电影形式还是其他形式，难以讲述的都是日常生活的故事，吉卜力动画电影无论在故事主题还是角色塑造方面都偏重于传达给观众的"感受性"。宫崎骏电影剧本的形式也十分简洁，他们更加注重的是通过角色的行为和表演去演绎故事，注重"感受性"而不是道理。宫崎骏用更多的时间去研究各种角色的画法，以他个人的绘画风格体现故事的个性，如图 4-10 所示。

动作设计可以反映出角色的性格特征，设计师通过调节角色运动速度反映出不同角色的性格差异。在剧本创作中，不仅仅通过对白表现角色，根据具体的情节场面，可以通过适度的语言设计去表现角色心理，通过刻画细微的动作来表现角色的差异。

[①] 罗伯特·麦基. 故事：材质、结构、风格和银幕剧作的原理 [M]. 周铁东，译. 北京：中国电影出版社，2001：217.

图 4-10　角色头饰的细节刻画，《魔女琪琪》《借物少女艾莉缇》，吉卜力出品，宫崎骏

悉德·菲尔德在《电影剧本写作基础》中说，"所有的戏剧就是一个冲突。没有冲突你就没有人物，没有人物你就没有动作，没有动作你就没有故事，没有故事你就没有电影剧本"。大多数理论家都认为戏剧冲突是戏剧的特征，动作是矛盾冲突的具体表现。感情是文学艺术的共同要素，艺术作品必须用形象来感动人，不是用说教来说服人，所以艺术作品必须有感染力，只要作品有感染力，那么作品里必须有充沛的感情。[①] 然而感情也并不是电影的主要特征，但无论什么题材和主题的电影，必须有感染力。尤其在动画电影中，动画的假定性决定了故事的感染力是永不可缺失的。虚拟的故事和角色、时空和环境，要满足观众的预期和观影心理，须在角色塑造上下功夫，用细节去表现冲突、角色、动作、情节之间的联系。

2）用视觉化的画面细节表现故事的真实

事件之间的序列以及因果之间的逻辑性必须令人信服。契诃夫曾说过："如果您在第一章里说，墙上挂着一支枪，那么在第二章或者第三章里它就应该用来射击。"只有这样，故事本身才会变得真实。好的故事总会在物质和意义之间寻找平衡。要找到故事情境中的娱乐价值，然后将故事中相关角色的感情以视觉化的方式表现出来……一个真正有趣的想法并不容易出现，幽默是一件必须认真对待、加以考虑的事情。笑料从来不会因为有趣就被接受，只有在特定的角色身上和特定的场合中才会奏效。[②] 动画电影往往通过用画面细节设计还原角色的生存环境、性格特征、心理状态等元素，增强故事的真实感。《里约大冒险》中小猴子向首领报信的场景，除了滑稽可爱的动作表演，还有耐人寻味的细节。例如，小猴子首领手持一只从游客身上偷来的手机，当它接收到"密探"短信时那乐不可支的样子非常生动，如图 4-11 所示。写有"猴语"的信息界面设计布满

---

① 顾仲彝. 编剧理论与技巧 [M]. 北京：中国戏剧出版社，1981：82.
② 弗兰克·托马斯，奥利·约翰斯顿. 生命的幻象：迪士尼动画造型设计 [M]. 方丽，等，译. 北京：中国青年出版社，2011：195.

细节,从功能栏的图形符号到阅读界面的内容一览无余,"Ooo! Ooo! Aaa! Aaa!"后缀一个小小的"猴子笑脸"符号,这种设计既可爱又真实。设计者通过此类细节刻画,还原了猴子们日常生活的状态和情境。特写镜头充满屏幕,虽然时间极短,却在放大画面细节的同时放大了"密探"小猴子与首领完成"寻找布鲁和珠儿"的任务时既快乐又得意的心理。观众甚至可以相信,这群半路杀出来的小猴子们就是那样无忧无虑地生活在热带丛林里,靠偷取游客的物品搞些乐子。它们的癫狂状态恰好反映出剧情的发展趋势——白鹦鹉的阴谋一定要被这群小猴子搞砸了。动画电影中,"画面永远比文字重要",只有依靠画面的细节刻画才能够将故事中的全部要素"链接"起来,用视觉化的方式使它们环环相扣以增强故事的感受性和可信度。

图4-11 《里约大冒险》中小猴子报信场景中的细节,短信息、手机界面设计

3)用融入场景中的细节设计塑造角色形象

动画电影场景设计中的细节同样能够起到推动情节发展和塑造角色的作用。通过对角色生活环境中的细节设计,观众可推测出角色的职业、习惯、性格等相关信息。《恶童》《攻壳机动队》《红辣椒》《秒速五厘米》《千与千寻》等日本写实动画电影的场景中有许多细节设计,分布在道具设计、画面构图、色彩、光影的设计和场面气氛设计等方面,这些设计令人印象深刻。但并没有因为观众记忆了这些道具或环境设计而削弱了剧情,反而由于这些细节令他们记住了角色的特征。例如,《借物少女艾莉缇》(图4-12)放大了一个"小小人"的微观世界。实际上引起观众兴趣的除了"艾莉缇"与"正太"的故事外,他们还关注着"小小人"们在这个微观环境中的生活方式。因此,道具和环境设计对塑造角色起到重要作用,同时也成为影片剧情设计的参照和依据。从剧作角度说,对场景的空间感和环境设计中的细节元素应有大致的了解,否则很难在设计剧情和角色动作时,运用镜头语言表现出画面的立体感。同样,从设计角度说,场景中的细节设计要顾及镜头时间和空间大小的问题,不能过分追求复杂,设计之前对剧本的深入分析也

图 4-12 《借物少女艾莉缇》道具设计草图，2010 年，吉卜力

至关重要。

光、色的运用在动画电影创作中非常重要，合理用光既可以塑造角色，也可以制造场面气氛。将光对物体形成的明暗、色彩层次进行概括，提取出最简洁有效的色彩关系，能够突出场景中的物象特征，使画面主次分明有层次感。另外，营造氛围是光的重要作用，在同一个场景中，光能突出固有色也能改变固有色，不同的光线可以传达出不同的画面含义和情绪，或恐怖压抑或轻松快乐。摄影师维托利奥·斯托拉罗曾说，"制作电影就好像是在解决光与影、冷与暖、蓝色和橘色或者其他相对的颜色之间的冲突一样。这里应该有一种能量存在，或者运动形式的改变。这给我们一种感觉，时间在继续，白天变成了黑夜，黑夜又变成了白天，生变成了死。制作电影就像用光与影的形式记录一场旅行，这种形式是最适合表现特定的画面以及画面背后的情绪"。

《闪电狗》中，"夜晚，小仓鼠去营救朋友波特"这一场景，非常微妙地将光色的运用与角色塑造结合在一起，如表 4-1 所示。光色变化与画面构图、色彩配搭、声音强弱等设计手段的综合运用，不但丰富了画面层次，而且增强了故事的节奏感，有力地推进了剧情发展。这一场景中的画面，始终运用了光色冷、暖（蓝色路灯与红色车尾灯）的对比，大与小的对比（管理员与仓鼠巨大的体积落差）以及声音强弱的对比（仓鼠的吼叫声在管理员听来是如此微不足道）。另外，画面始终借用冷暖两色将仓鼠的营救之旅隔离为蓝色路灯下的现实世界和红色车尾灯下的浪漫主义世界。当它站在发散固有色的路灯下时，这种冷光"现实"是那么平静自然，仓鼠表现得既谨慎又小心，然而当它站在热烈又张扬的红色车尾灯下时，立刻表现出英勇无畏的样子，就是这种梦幻的色彩让小仓鼠变成了理想中的大英雄。在这一场景中，光、色对比成为塑造角色的浪漫主义的手法，并产生了递进的节奏感。创作者利用光、色的诉说功能制造气氛并塑造了角色性格，不仅把故事情节讲述得清楚透彻，并且将一个谨慎又勇敢的小仓鼠形象表现得淋漓尽致。

表 4-1　运用光色塑造角色,《闪电狗》"夜晚，小仓鼠营救朋友波特"场景设计

镜头	画面	场景（动作）	画面含义
1		蓝色夜景，卡车驶入，红色尾灯闪烁，停车	自然的天光与广告灯箱等蓝色光表明事件发生的时间
2		车尾近景，仓鼠入画，横移至饲养员	蓝色天光作为背景色，主光为卡车尾灯散发的红色光；冷暖光源作为侧光，不但勾勒出仓鼠的轮廓，并使画面产生对比与层次感
3		①镜头推进，仓鼠伸手小心翼翼地试探地面情况，然后离开圆球 ②离开圆球的仓鼠，在车灯前高举双手，五指分开，仰天大笑	①用轮廓光强调仓鼠的动作变化，并放大了它的外形（仓鼠很少离开它的圆球，原本是个胆小又懒惰的鼠辈，但是这次它要去营救自己的朋友波特） ②红色轮廓光的使用，不但勾勒出仓鼠一系列的动作变化，并夸张了仓鼠的性格特征；使用红色光创造热烈的气氛，放大角色的行为动机，渲染了故事的英雄主义色彩。这一幕紧扣剧情，预示着小仓鼠这个"英雄人物"必将要开展一场轰轰烈烈的救援行动

续表

镜头	画面	场景（动作）	画面含义
4		镜头以低角度切入饲养员，身材健硕的饲养员听到异常声音后四处张望	仓鼠肆无忌惮的大笑声在管理员和观众听来，实际上只是轻微的若有若无的老鼠叫声。路灯的光是非常平静的冷色，既客观地描述了事件的发生，又令观众回到现实场景中，与上一镜的红色"英雄主义"色调的灯光形成鲜明对比
5		① 仓鼠从远处的红色区域向车前方狂奔 ② 镜头上移，仓鼠钻入车头，停在车前大灯的位置	① 画面构图以巨大的车体为背景，仓鼠从美妙的红色光进入现实世界的黑暗与混沌中，它穿过轮胎缝隙间，停在左侧轮胎的阴影里；路灯的侧光虽然不强，但投射在仓鼠身上，使观众看到暖色的那"一小团"从无边的黑暗中跑来。可见，光的设计引导了观众的视线并且使画面产生冷暖与动静对比 ② 聚光灯下的"舞台上"，小仓鼠已经成为众目睽睽的英雄
6		小仓鼠巨大的影子在强光下被投射到对面楼房的墙面上	画面虽被体格硕大的饲养员占去一半，但楼房墙面上的自然投影却有意放大了角色形象，使画面语义产生了微妙的转变和均衡化，这种幽默诡异的效果暗示了"小"仓鼠此时是一个"大"英雄
7		小仓鼠终于爬上车顶，向关着朋友波特的车厢跑去	一切都回到现实，只剩画面中自然光照下的车顶棚。柔和的淡蓝色路灯投射出小仓鼠平淡又真实的影子，甚至它的奔跑速度也被"无情的"现实还原为"非常慢"的状况

　　画面气氛通常依靠场景去营造。场景占据着画面中的大部分面积，能够最大限度地吸引观众的眼球并调动情绪。观众看到的始终是角色表演与场景的画面结合，场景在什么情况下淡出画面，在什么情况下起到烘托前景气氛的作用，甚至单一的场景如何制造情绪都要以塑造角色和突出镜头语言的叙事功能为主。另外，场景与画面构图的关系密

不可分。构图作为画面元素的有序组合，具有引导功能，同样具有制造情绪的作用。构图通过组织画面将角色的心理、情感、意图视觉化，并同时强调了叙事走向。无论是通过光影、色彩、声音，还是构图的方式组织画面，只有以故事情节为依据进行细节刻画才能达到最佳效果。

【思考与练习】

什么是"极简原则"？用"极简原则"为你的动画故事设计一个主要角色造型。设定角色性格，用文字记录下来；为这个角色画出一组"常用动作图"。根据以上素材，发挥想象力，创作一段故事情节。

附录 奥斯卡获奖动画电影年表（1933—2023年）

表1 1933—1987年奥斯卡获奖动画电影

时间（年）	动画电影 原名	动画电影 译名	时间（年）	动画电影 原名	动画电影 译名
1933	Flowers and Trees	《花与树》	1949	The Little Orphan	《小孤儿》
1934	Three Little Pigs	《三只小猪》	1950	For Scent-imental Reasons	《由于有点印象》
1935	The Tortoise and the Hare	《龟兔赛跑》	1951	Gerald McBoing-Boing	《格拉德·麦克波·波》
1936	Three Orphan Kittens	《三只孤儿猫》	1952	The Two Mouseketeers	《孩童世界》
1937	The Country Cousin	《乡巴佬》	1953	Johann Mouse	《约翰老鼠》
1938	The Old Mill	《老磨坊》	1954	Toot Whistle Plunk and Boom	《嘟嘟、嘘嘘、砰砰和咚咚》
1939	Ferdinand the Bull	《公牛费迪南德》	1955	When Magoo Flew	《马鸪飞去时》
1940	Ugly Duckling	《丑小鸭》	1956	Speedy Gonzales	《飞毛腿冈萨雷斯》
1941	The Milky Way	《银河》	1957	Magoo's Puddle Jumper	《马鸪先生的小车》
1942	Lend a Paw	《借一只爪》	1958	Birds Anonymous	《鸟的烦恼》
1943	Der Fuehrer's Face	《元首的面孔》	1959	Knighty Knight Bugs	《昆虫骑士》
1944	The Yankee Doodle Mouse	《扬基都德鼠》	1960	Moonbird	《月亮鸟》
1945	Mouse Trouble	《老鼠的麻烦》	1961	Munro	《马罗》
1946	Quiet Please!	《请安静！》	1962	Ersatz	《代用品》
1947	The Cat Concerto	《猫的协奏曲》	1963	The Hole	《洞》
1948	Tweetie Pie	《叽叽喳喳的喜鹊》	1964	The Critic	《评论家》

续表

时间(年)	动画电影 原名	动画电影 译名	时间(年)	动画电影 原名	动画电影 译名
1965	The Pink Phink	《粉红色的芬克》	1976	Great (Isambard Kingdom Brunel)	《伟大》
1966	The Dot and the Line: A Romance in Lower Mathematics	《点与线》	1977	Leisure	《闲暇》
			1978	The Sand Castle	《沙堡》
1967	Herb Alpert and the Tijuana Brass Double Feature	《赫伯·阿尔伯特和提加纳布拉斯双重特点》	1979	Special Delivery	《特别快递》
1968	The Box	《盒子》	1980	Every Child	《每一个孩子》
1969	Winnie the Pooh and the Blustery Day	《小熊维尼与大风吹》	1981	A Légy (The Fly)	《苍蝇》
1970	It's Tough to Be a Bird	《做一只鸟真不容易》	1982	Crac	《咔嚓；摇椅》
1971	Is It Always Right to Be Right?	《总是对的就是对的吗？》	1983	Tango	《探戈》
1972	The Crunch Bird	《叽叽喳喳的鸟》	1984	Sundae in New York	《纽约冰激凌；纽约圣代》
1973	A Christmas Carol	《圣诞颂歌》	1985	Charade	《哑谜；猜谜游戏》
1974	Frank Film	《弗兰克电影》	1986	Anna & Bella	《安娜和贝拉》
1975	Closed Mondays	《星期一闭馆》	1987	Een Griekse Tragedie (A Greek Tragedy)	《希腊悲剧》

表2 1988—2023年奥斯卡获奖动画电影

时间（年）	动画电影作品名称	导演	获奖备注
1988	《种树的牧羊人》 L'homme qui plantait des arbres (The Man Who Planted Trees)	Frederic Back	第60届奥斯卡最佳动画短片奖

续表

时间（年）	动画电影作品名称	导演	获奖备注
1989	《锡玩具》 Tin Toy	John Lasseter	第61届奥斯卡最佳动画短片
1990	《平衡》 Balance	Christoph Lauenstein, Wolfgang Lauenstein	第62届奥斯卡最佳动画短片
1991	《物质享受》 Creature Comforts	Nick Park	第63届奥斯卡最佳动画短片

续表

时间（年）	动画电影作品名称	导　　演	获奖备注
1992	《操纵》 *Manipulation*	Daniel Greaves	第64届奥斯卡最佳动画短片
1993	《蒙娜丽莎走下楼梯》 *Mona Lisa Descending a Staircase*	Joan C. Gratz	第65届奥斯卡最佳动画短片
1994	《超级无敌掌门狗：裤子错了》 *Wallace & Gromit: The Wrong Trousers*	Nick Park	第66届奥斯卡最佳动画短片

续表

时间（年）	动画电影作品名称	导　　演	获奖备注
1995	《鲍伯的生日》 *Bob's Birthday*	Alison Snowden David Fine	第 67 届奥斯卡最佳动画短片
1996	《超级无敌掌门狗：九死一生》 *Wallace & Gromit: A Close Shave*	Nick Park	第 68 届奥斯卡最佳动画短片
1997	《寻找》 *Quest*	Tyron Montgomery	第 69 届奥斯卡最佳动画短片

续表

时间（年）	动画电影作品名称	导　演	获奖备注
1998	《格里的游戏》 Geri's Game	Jan Pinkava	第70届奥斯卡最佳动画短片
1999	《棕兔夫人》 Bunny	Chirs Wedge	第71届奥斯卡最佳动画短片
2000	《老人与海》 The Old Man and the Sea	Aleksandr Petrov	第72届奥斯卡最佳动画短片

续表

时间（年）	动画电影作品名称	导演	获奖备注
2001	《父与女》 Father and Daughter	Michael Dudok de Wit	第73届奥斯卡最佳动画短片
2002	《怪物史莱克》 Shrek	Andrew Adamson	第74届奥斯卡最佳动画长片
2002	《为了鸟儿们》 For the Birds	Ralph Eggleston	第74届奥斯卡最佳动画短片

续表

时间（年）	动画电影作品名称	导演	获奖备注
2003	《千与千寻》 *Spirited Away*	Miyazaki Hayao	第75届奥斯卡最佳动画长片
2003	《恰卜恰布》 *The Chubbchubbs*	Eric Armstrong	第75届奥斯卡最佳动画短片
2004	《海底总动员》 *Finding Nemo*	Andrew Stanton	第76届奥斯卡最佳动画长片

附录｜奥斯卡获奖动画电影年表（1933—2023年）　125

续表

时间（年）	动画电影作品名称	导　　演	获奖备注
2004	《哈维·克拉姆派特》 Harvie Krumpet	Adam Elliot	第76届奥斯卡最佳动画短片
2005	《超人总动员》 The Incredibles	Brad Bird	第77届奥斯卡最佳动画长片
2005	《瑞恩》 Ryan	Chris Landreth	第77届奥斯卡最佳动画短片

续表

时间（年）	动画电影作品名称	导　　演	获奖备注
2006	《超级无敌掌门狗：人兔的诅咒》 *Wallace and Gromit The Curse of the Were-Rabbit*	Nick Park Steve Box	第78届奥斯卡最佳动画长片
2006	《月亮和儿子》 *The Moon and the Son: An Imagined Conversation*	John Canemaker	第78届奥斯卡最佳动画短片
2007	《快乐的大脚》 *Happy Feet*	George Miller	第79届奥斯卡最佳动画长片

附录｜奥斯卡获奖动画电影年表（1933—2023年）

续表

时间（年）	动画电影作品名称	导　　演	获奖备注
2007	 《丹麦诗人》 *The Danish Poet*	Torill Kove	第79届奥斯卡最佳动画短片
2008	 《料理鼠王》 *Ratatouille*	Brad Bird / Jan Pinkava	第80届奥斯卡最佳动画长片
2008	 《彼得与狼》 *Peter & the Wolf*	Suzie Templeton	第80届奥斯卡最佳动画短片

续表

时间（年）	动画电影作品名称	导演	获奖备注
2009	《机器人瓦力》 Wall-E	Andrew Stanton	第81届奥斯卡最佳动画长片
2009	《回忆积木小屋》 Tsumiki no ie	Kunio Katou	第81届奥斯卡最佳动画短片
2010	《飞屋环游记》 Up	Pete Docter	第82届奥斯卡最佳动画长片

续表

时间（年）	动画电影作品名称	导　　演	获奖备注
2010	《商标世界》 Logorama	François Alaux Herve de Crecy Ludovic Houplain	第82届奥斯卡最佳动画短片
2011	《玩具总动员3》 Toy Story 3	Lee Unkrich	第83届奥斯卡最佳动画长片
2011	《失物招领》 The Lost Thing	Andrew Ruhemann Shaun Tan	第83届奥斯卡最佳动画短片

续表

时间（年）	动画电影作品名称	导　　演	获奖备注
2012	《兰戈》 Rango	Gregor Verbinski	第84届奥斯卡最佳动画长片
2012	《莫里斯·莱斯莫先生的神奇飞书》 The Fantastic Flying Books of Mr. Morris Lessmore	William Joyce Brandon Oldenburg	第84届奥斯卡最佳动画短片
2013	《勇敢传说》 Brave	Mark Andrews Brenda Chapman	第85届奥斯卡最佳动画长片

续表

时间（年）	动画电影作品名称	导演	获奖备注
2013	《纸人》 *Paperman*	John Kahrs	第85届奥斯卡最佳动画短片
2014	《冰雪奇缘》 *Frozen*	Chris Buck Jennifer Lee	第86届奥斯卡最佳动画长片
2014	《哈布洛先生》 *Mr Hublot*	Laurent Witz Alexandre Espigares	第86届奥斯卡最佳动画短片

续表

时间（年）	动画电影作品名称	导　　演	获奖备注
2015	《超能陆战队6》 Big Hero 6	Don Hall Chris Williams	第87届奥斯卡最佳动画长片
2015	《盛宴》 Feast	Patrick Osborne	第87届奥斯卡最佳动画短片
2016	《头脑特工队》 Inside Out	Pete Docter Ronaldo del Carmen	第88届奥斯卡最佳动画长片

续表

时间（年）	动画电影作品名称	导　　演	获奖备注
2016	《熊的故事》 Bear Story	Gabriel Osorio Vargas	第88届奥斯卡最佳动画短片
2017	《疯狂动物城》 Zootopia	Byron Howard Rich Moore Jared Bush	第89届奥斯卡最佳动画长片
2017	《鹬》 Piper	Alan Barillaro	第89届奥斯卡最佳动画短片

续表

时间（年）	动画电影作品名称	导　　演	获奖备注
2018	《寻梦环游记》 *Coco*	Lee Edward Unkrich Adrian Molina	第90届奥斯卡最佳动画长片
2018	《亲爱的篮球》 *Dear Basketball*	Glen Keane	第90届奥斯卡最佳动画短片
2019	《蜘蛛人：新宇宙》 *Spider-Man: Into the Spider-Verse*	Bob Persichetti Peter Ramsey	第91届奥斯卡最佳动画长片

续表

时间（年）	动画电影作品名称	导演	获奖备注
2019	《包宝宝》 *Bao*	石之予	第91届奥斯卡最佳动画短片
2020	《玩具总动员4》 *Toy Story 4*	Josh Cooley	第92届奥斯卡最佳动画长片
2020	《发之恋》 *Hair Love*	Matthew A. Cherry Bruce W. Smith Everett Downing Jr.	第92届奥斯卡最佳动画短片

续表

时间（年）	动画电影作品名称	导　　演	获奖备注
2021	《心灵奇旅》 Soul	Peter Hans Docter	第93届奥斯卡最佳动画长片
2021	《无论如何我爱你》 If Anything Happens I Love You	Michael Govier	第93届奥斯卡最佳动画短片
2022	《魔法满屋》 Encanto	Jared Bush	第94届奥斯卡最佳动画长片

续表

时间（年）	动画电影作品名称	导演	获奖备注
2022	《皆为爱》 *The Windshield Wiper*	Alberto Mielgo	第94届奥斯卡最佳动画短片
2023	《吉尔莫·德尔·托罗的匹诺曹》 *Guillermo Del Toro's Pinocchio*	Guillermo Del Toro Mark Gustafson	第95届奥斯卡最佳动画长片
2023	《男孩、鼹鼠、狐狸和马》 *The Boy, the Mole, the Fox, and the Horse*	Charlie Mackesy Peter Baynton	第95届奥斯卡最佳动画短片

参考文献

[1] B. 日丹. 影片的美学 [M]. 北京：中国电影出版社，1994.

[2] C.M. 爱森斯坦. 并非冷漠的大自然 [M]. 富澜，译. 北京：中国电影出版社，2003.

[3] 列·谢·维戈茨基. 艺术心理学 [M]. 周新，译. 上海：上海文艺出版社，1985.

[4] 费尔迪南·德·索绪尔. 普通语言学教程 [M]. 高名凯，译. 北京：外语教学与研究出版社，2001.

[5] 英格玛·伯格曼. 伯格曼论电影 [M]. 韩良忆，等，译. 桂林：广西师范大学出版社，2003.

[6] 丹尼艾尔·阿里洪. 电影语言的语法 [M]. 陈国铎，等，译. 北京：中国电影出版社，1993.

[7] 保罗·韦尔斯. 剧本创作 [M]. 贾茗葳，马静，译. 大连：大连理工大学出版社，2009.

[8] 理查·威廉姆斯. 动画基础技法 [M]. 台北：台北龙溪国际图画有限公司，2004.

[9] 马克·卡曾斯. 电影的故事 [M]. 杨松锋，译. 北京：新星出版社，2009.

[10] 莫琳·弗尼斯. 动画概论 [M]. 方丽，等，译. 北京：中国青年出版社，2009.

[11] 安德烈·巴赞. 电影是什么 [M]. 崔君衍，译. 南京：江苏教育出版社，2005.

[12] 弗雷德里克·阿斯特吕克. 科恩兄弟的电影 [M]. 刘娟娟，译. 南京：江苏教育出版社，2006.

[13] 马塞尔·马尔丹. 电影语言 [M]. 何振淦，译. 北京：中国电影出版社，2006.

[14] 马塞尔·马尔丹. 电影作为语言 [M]. 北京：中国社会科学出版社，1988.

[15] 皮埃尔·让. 剧作技巧 [M]. 高虹，译. 北京：中国电影出版社，2004.

[16] 让·克洛德·卡里叶儿·帕斯卡尔·博尼茨. 话语·新叙事话语 [M]. 北京：中国社会科学出版社，1990.

[17] 罗兰·巴特. 符号学美学 [M]. 董学文，王葵，译. 沈阳：辽宁人民出版社，1987.

[18] 罗兰·巴特. 符号学原理 [M]. 李幼蒸，译. 北京：生活·新书·新知三联书店，1988.

[19] 罗兰·巴特. 流行体系——符号学与服饰符码 [M]. 敖军，译. 上海：上海人民出版社，2006.

[20] 苏珊·朗格. 艺术问题 [M]. 滕守尧，译. 南京：南京出版社，2006.

[21] 安妮特·西蒙斯. 说故事的力量：激励、影响与说服的最佳工具 [M]. 吕国燕，译. 北京：化学工业出版社，2009.

[22] 巴里·利特曼. 大电影产业 [M]. 尹鸿，等，译. 北京：清华大学出版社，2005.

[23] 大卫·马梅. 导演功课 [M]. 曾伟祯，译. 桂林：广西师范大学出版社，2003.

[24] 弗兰克·托马斯，奥利·约翰斯顿. 生命的幻象：迪士尼动画造型设计 [M]. 方丽，等，译. 北京：中国

青年出版社，2011.

[25] 华莱士·马丁. 当代叙事学 [M]. 伍晓明，译. 北京：北京大学出版社，2005.

[26] 杰罗姆·布鲁纳. 故事的形成：法律、文学、生活 [M]. 孙玫璐，译. 北京：教育科学出版社，2006.

[27] 克莉丝汀·汤普森. 好莱坞怎样讲故事：新好莱坞叙事技巧探索 [M]. 李燕，李慧，译. 北京：新星出版社，2009.

[28] 刘易斯·雅各布斯. 美国电影的兴起 [M]. 刘宗锟，等，译. 北京：中国电影出版社，1991.

[29] 马克·莫尔. 迪士尼传 [M]. 武汉：长江文艺出版社，1996.

[30] 罗伯特·麦基. 故事：材质、结构、风格和银幕剧作的原理 [M]. 周铁东，译. 北京：中国电影出版社，2001.

[31] 史蒂芬·丹宁. 故事的影响力 [M]. 刘莉，译. 北京：中国人民大学出版社，2010.

[32] 史蒂文·卡茨. 场面调度：影像的运动（插图第2版）[M]. 陈阳，译. 北京：世界图书出版公司，2011.

[33] 史蒂文·卡茨. 电影分镜概论：从意念到影像 [M]. 井迎兆，译. 台北：五南图书出版公司，2006.

[34] 史蒂文·卡茨. 电影镜头设计：从构思到银幕（插图第2版）[M]. 井迎兆，等，译. 北京：世界图书出版公司，2010.

[35] 杰弗瑞·斯科特. 动画剧本创作与营销 [M]. 王一夫，等，译. 北京：电子工业出版社，2005.

[36] 唐纳德·里奇. 黑泽明的电影 [M]. 万传法，译. 海口：海南出版社，2010.

[37] 悉德·菲尔德. 电影剧本写作基础 [M]. 鲍玉珩，钟大丰，译. 北京：中国电影出版社，2002.

[38] 悉德·菲尔德. 电影剧作者疑难问题解决指南 [M]. 钟大丰，鲍玉珩，译，北京：中国电影出版社，2002.

[39] 乔瑟·克里斯提亚诺. 分镜头脚本设计教程 [M]. 赵嫣，梅叶挺，译. 北京：中国青年出版社，2008.

[40] 津坚信之. 日本动画的力量：手塚治虫与宫崎骏的历史纵贯线 [M]. 秦刚，赵峻，译. 北京：社会科学文献出版社，2011.

[41] 新藤兼人. 电影剧本的结构 [M]. 钱端义，吴代尧，译. 北京：中国电影出版社，1984.

[42] 中川奈美. 声優になるには [M]. 東京：ぺりかん社，1997.

[43] 曹小卉. 日本动画类型分析 [M]. 北京：海洋出版社，2009.

[44] 叶郎. 胸中之竹：走向现代之中国美学 [M]. 合肥：安徽教育出版社，1998.

[45] 吴冠英. 吴冠英动漫造型手稿 [M]. 北京：人民美术出版社，2011.

[46] 夏衍. 写电影剧本的几个问题 [M]. 上海：复旦大学出版社，2004.

[47] 许南明. 电影艺术词典 [M]. 北京：中国电影出版社，1986.

[48] 薛峰. 动画故事与台本 [M]. 南京：南京师范大学出版社，2009.

[49] 张晓叶. 动画表演 [M]. 北京：中国水利水电出版社，2011.

[50] 愈汝捷. 小说24美 [M]. 北京：中国青年出版社，1997.

[51] 陈吉德. 影视编剧艺术 [M]. 北京：中国广播电视出版社，2006.

[52] 戴锦华. 电影理论与批评 [M]. 北京：北京大学出版社，2007.

[53] 范志忠，马华. 影视动画编剧学 [M]. 杭州：浙江大学出版社，2009.

[54] 葛玉清. 动画电影叙述艺术 [M]. 北京：中国传媒大学出版社，2010.

[55] 顾仲彝. 编剧理论与技巧 [M]. 北京：中国戏剧出版社，1981.

[56] 焦菊隐. 戏剧表演艺术 [M]. 北京：高等教育出版社，2004.

[57] 金丹元. 电影美学导论 [M]. 上海：复旦大学出版社，2008.

[58] 凌纾. 动画编剧 [M]. 武汉：湖北美术出版社，2008.

[59] 马华. 影视动画经典剧本赏析 [M]. 北京：海洋出版社，2006.

[60] 宋家玲，胡克. 影视剧本选评 [M]. 北京：中国传媒大学出版社，2005.

[61] 孙立军，马华. 美国迪士尼动画研究 [M]. 北京：京华出版社，2010.

[62] 王川，武寒青. 动画前期创意 [M]. 北京：高等教育出版社，2003.

[63] 王乃华，李铁. 动画编剧 [M]. 北京：清华大学出版社，北京交通大学出版社，2007.

[64] Sheila Graber. *Animation a Handy Guide*[M]. Singapore: Page One Pub., 2009.

[65] Tracey Miller-Zarneke. *The Art of DreamWorks Kung Fu Panda 2*[M]. Dustin Hoffman, San Rafael, Calif. : Insight Editions, 2011.

[66] Eisner Will. *Graphic Storytelling*[M].Tamarac: Poorhouse Press, 1995.

[67] Francis Glebas. *Directing the story: professional storytelling and storyboarding techniques for live action and animation, Amsterdam*[M].Boston: Elsevier/Focal Press, 2009.

[68] Jackson Chris. *Flash cinematic technique: enhancing animated shorts and interactive storytelling*[M].Burlington, MA: Focal, 2010.

[69] Howard Beckerman. *Animation: the whole story*[M]. New York: Allworth Press, 2003.

[70] Maureen Furniss. *The animation bible: a practical guide to the art of animating, from flipbooks to Flash*[M]. New York: Abrams, 2008.

[71] Wendy Tumminello. *Exploring storyboarding*[M].Australia; Clifton Park, NY: Thomson/Delmar Learning, 2005.

[72] Martin Rieser, Andrea Zapp. *New screen media: cinema/ art/ narrative*[M].London :BFI Pub., 2002.

[73] David Howard. *How to build a great screenplay: a master class in storytelling for film*[M]. New York: St. Martin's Press, 2004.

[74] Kristin Thompson. *Storytelling in film and television*[M].Cambridge, Mass. : Harvard University Press, 2003.

[75] Shilo T McClean. *Digital storytelling: the narrative power of visual effects in film*[M].Cambridge, Mass. : MIT Press, 2007.

[76] Jennifer Van Sijll. *Cinematic storytelling: the 100 most powerful film conventions every filmmaker must know*[M]. Studio City CA: Michael Wiese Productions, 2005.

[77] Studio City CA: Michael Wiese Productions. *Documentary storytelling: making stronger and more dramatic nonfiction films*[M].Amsterdam; Boston: Focal Press, 2007.

[78] C.W. ニコル. 宫崎骏绘. Tree Tree[M]. 竹内和世，译. 东京：德间书店，1989.